U0773121

岁月印痕

寇明虎 ◎ 著

黄河出版传媒集团
宁夏人民出版社

图书在版编目（CIP）数据

岁月印痕／寇明虎著. —银川：宁夏人民出版社，2018.8
（阵地文丛／白麟主编）
ISBN 978-7-227-06952-2

Ⅰ.①岁…　Ⅱ.①寇…　Ⅲ.①诗集—中国—当代
Ⅳ.①I227

中国版本图书馆CIP数据核字（2018）第212271号

阵地文丛　　　　　　　　　　　　　　　　白　麟　主编
岁月印痕　　　　　　　　　　　　　　　　寇明虎　著

责任编辑　陈　浪
责任校对　陈　晶
封面设计　朱振涛
责任印制　肖　艳

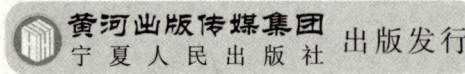 出版发行

地　　址　宁夏银川市北京东路139号出版大厦（750001）
网　　址　http://www.yrpubm.com
网上书店　http://www.hh-book.com
电子信箱　nxrmcbs@126.com
邮购电话　0951-5052104　　5052106
经　　销　全国新华书店
印刷装订　陕西天丰印务有限公司
印刷委托书号（宁）0010941

开本　889mm×1194mm　　　1/32
印张　7　　　　　字数　47 千字
版次　2018年10月第1版
印次　2018年10月第1次印刷
书号　ISBN 978-7-227-06953-2
定价　36.00元

寄语贯愚

商子秦

在宝鸡乃至陕西的文学圈子，"贯愚"这个名字，是最近几年才被人熟知的。其实，这位"贯愚"原本是宝鸡文学队伍中的一位资深老将。早在20世纪八九十年代，宝鸡作家群体被誉为陕西文学的"西路军"，贯愚就是这支队伍中的一员。只是那时他用的是自己的本名，主要从事散文和小说创作。而今天，他用这个笔名，又成为了宝鸡诗人队伍中的一员。

所以，当贯愚嘱我为他的这部诗集写一篇文章时，我立即应诺。这篇文章不但要写，而且一定要写好。这更是因为我和贯愚属于知根知底的"铁哥们"，有着数十年的友谊。所以对贯愚的文学创作，我也有更多的了解和话语权。

贯愚的文学创作起步于20世纪80年代，一开始写散文和小说。最初的题材多是关于乡村生活的，他写下了一个乡村少年在那个贫穷年代的一件件往事：有拿到入学通知书而交不起学费的深深痛楚；有过年前去买醋，却不小心丢了仅有的几毛钱，而被迫"逃单"的狼狈和自责；有对忠厚善良的父母亲的忆念；等等，这些文章大都不长，但写的细节真实生动，非常有感染力。正因如此，我们都非常看好贯愚的写作。

贯愚的心中，的确有一个文学梦。在他的中学时代，曾经有几位老师给他带来深深的影响，成为他文学梦的启蒙者。这里有上山下乡时在他们家乡担任教师的刘斌，此人之后曾任《陕西少年》《陕西青年报》主编，后调入北京在和平出版社担任社长，最后又在中宣部任职。80年代初贯愚开始写作时，曾专程到西安找到已担任文艺刊物主编的刘斌请教。刘斌的简短点拨，让他牢记了数十年。而另一位语文教师董万青老师，也被贯愚写进了自己的文章之中，他不忘深深的师恩。

　　然而，贯愚的文学创作却终止了很长一段时间。这是因为他还是一位正在市场经济大潮中奋斗打拼的青年企业家。在改革开放的年代，他依托自己的家乡近邻宝鸡钛城的优势，办起了企业，产品远销全国多个省区乃至国外。他还曾尝试进军餐饮、娱乐等领域，但最后还是回归自己的老本行，继续从事钛产品生产，在激烈的市场竞争中站住了脚跟，不断发展壮大。这一时期，他的一对儿女尚小，且正在上学；贤惠的夫人相夫教子，辛勤劳作。而养家糊口的重任，自然贯愚责无旁贷。这一时期，贯愚的写作基本上停滞了。毕竟，民以食为天，这是最大的事情。办好自己的企业，让全家人过上富裕的好日子，比起这件事，写作自然是第二位。作为朋友的我们也十分理解。

　　正是在这一段时间，我的生活和事业经历了一段人生的低谷，而贯愚老弟曾给予我和我的儿子很大的关照和帮助。多年来我牢记心中。

　　20世纪末，我从宝鸡调到西安工作，贯愚和我依旧联系，正好他的儿子在西安医科大学上学，记得我还带着他的儿子去陕西电视台观看抗洪救灾文艺晚会。小侄子是学霸型，内向寡言，但学习优秀，最后考入北大，博士毕业又远派到国外科研机构工作，把孩子生在了美国。

从2014年前后，贯愚又开始了文学写作，他经常在博客上发诗文，并希望我给予关注。一开始我还常看，并留下意见。后来发现贯愚开始写诗，且是一种全方位的写作，写新诗、旧体诗，还填词。从一开始比较率性的写作，到开始讲平仄、对仗，写得越来越有模有样，中规中矩，读来越有味道。让人刮目相看。

因为要写这篇文章，最近我还从博客上，细细阅读了贯愚的诗作。我感到贯愚的诗歌创作视野开阔，内容丰富，既有行旅履痕，对祖国大好山河的咏颂，对异域风光的描述，更有壮怀抒情，人生感悟，还有对亲人的思念，对亲情和友情的倾诉，也有诗友酬唱，相互交流激励。这些诗可贵之处在于真情充溢，当然更不乏体现时代精神和主旋律。艺术上也是不断提升，渐入佳境，其中多见佳句，限于篇幅我就不一一摘读了，相信大家自己可以在阅读中亲身感受。就这样坚持下去，他的诗歌创作艺术水平一定会继续提高，他将会成为新诗和旧体诗相互打通、双栖写作的一位诗人。

我感到这个年已花甲的贯愚，怎么一下子又变得年轻了。他在用自己的诗笔，继续来完成自己从青年时期就开始的文学梦，这本身就是一个感人的故事。

在贯愚和朋友们的博客和微信中，我看到他频繁地参加陕西省和宝鸡市组织的各种文学活动，和比他小十几岁二十岁的中青年朋友在一起听老师讲课。和诗友们交流创作心得，相互激励，积极参与支持宝鸡的文学事业。我感到这是一种积极的人生态度，也是一种让自己生命更加完满和充实的美好追求。这既是圆一个昨天的梦，更是在筑一个现实和未来的梦。好一个贯愚啊，我为这位老弟点赞喝彩。

当然，对于贯愚，我在心里还有更多的期望。现在这样的一种随心所欲的写作，已经是优哉游哉，享受生活且享受文学了。然而，我总觉得贯愚完全有可能更上一层楼，攀登到一个新的高度，这就是依托他的人生经历，写出改革开放农村新一代的"创业史"。因为他经历了农村改革开放的历史，又自主创业，搏击市场，在他的人生中，一定有太多太多充满酸甜苦辣的故事。我衷心希望贯愚能够把自己文学创作的笔触深入到这一领域，写出更多的人生故事，展示出更多更为精彩的新作。我深信贯愚已经正在思考，正在构思，我对此寄予厚望。

贯愚真名叫寇明虎。这篇文章其实也全是讲给老朋友的心里话，题目就叫《寄语贯愚》吧。

是为序。

2017年10月20日于西安

用文字安妥漂泊的心（代自序）

写诗，并非自己文学写作的初心，只是因为掉队很久了，不想远去的文字大军离我越来越远，才在商海漂泊的日子慢下来后，得空吟咏几句，不至于文笔生锈。不曾想短短两年多的工夫，短篇、小章竟积攒了四百四十多篇，颇感安慰。在商子秦师长、广汉和白麟主席的鼓励下，斗胆挑选了新诗旧律三百多首，结成此集。

我是一个惜文字如生命的人，三十年前迫于生计和养家糊口，我忍痛割爱，下海经商了。一个笨拙怯懦的泥腿子，在满是人精的商海里，搏风抵浪，与命运做不屈的抗争。"文革"中的课堂上给予我们的文化知识远不够用，于是就在教训中求新知，在实战中学应用，把一个承袭父辈吆牛种地的农民儿子，一个习文涂鸦走火入魔的文人，造就成了如今在同行业里小有成就的企业家。

在饥馑迷茫的青少年时代，我习文如痴，常以诗仙李太白"天生我材必有用"自励。然而光景窘迫，使人困惑志短，农村和城市有着天壤之别。有门道的走路子，有能耐的钻空子，挤破头进城吃碗轻松饭。就像《人生》里的高加林那样，总奢望有朝一日能"脱胎换骨"跳出农门，活得像城里人那么体面。

1975年，我高中毕业返乡，承袭父辈日出而作、日落而息的农耕生活。从吆牛种地、修水库、掏大粪、装火车到当村长、下海办企业。三十多年里，尝遍了人生的艰辛和不易。在七十二行中，不停地变换身份，但是唯一不变的是对文学的挚爱。回想起过往岁月，无论是深夜寒窗、水库窝棚，还是列车上、旅馆里，陪伴我最多的还是读不完的报刊、书籍。几十年商海漂泊中，虽暂时告别了文学写作，但我将经历的世事记在了纸上，以备日后之用。如今翻着一张张泛黄的日记，这一袋天南海北积存起来的精神食粮，酸甜苦辣，重新回嚼，非常有味。我将用这袋蕴藏丰盛的干粮，在文学的路上迈出坚实的步伐。

是改革开放的宏谋远略，给禁锢了近半个世纪的传统制度松绑，也给一代有理想、有准备树恒志的有心人，提供了示展才能与智慧的机遇。作为新时期的弄潮儿，很感谢此生的幸遇，有挫折，有又期恰逢盛世，提供给我示展才智的机会。而今我虽已年届华甲，衣食无忧，但对文学挚爱的初心未改。我仍然会用一颗感恩的心，书章谋篇，吟诵盛世中华、国强民安！

2017年10月

目录

第一辑 春天的样子

di yi ji chun tian de yang zi

春天来了

春天来了
春天她，真的来了
春天的阳光
虽然缺乏夏日的热情
可是，她挥洒的融融暖意
已经把大地感染

习习的暖风
摇曳着柔情的柳枝
把鹅黄的春芽
轻轻唤醒
尽情地沐浴阳光、雨露
解冻的原野里
百草萌动，千虫苏醒

暖阳下
阴冷的寒霜
知趣地化作晶莹的露珠

悬挂在墨绿色的麦苗上
给滴翠的麦海，把银色的珍珠洒满

河套里
涌动的寒流
知趣地化作白雾
依依不舍地向深山退去
冰融的崩裂声
就像春的脚步
触地有声
清凌的水面上
倦怠一冬的鸟儿
扑闪着敏捷的双翅
映一幅
鲜活的水彩画卷
把大地装点得生机勃发、春意盎然

河岸边的稻田里
春耕翻起的泥条旁
簇拥着刚刚破卵的小蝌蚪
一团一团
它在孕育着蛙的未来
乌黑的小精灵摇头摆尾
生动，悠然

桃树枝头

休眠一冬的花蕾

刹那间

俏立枝头

急红了眼

田坎上的迎春花

笑得最甜，临风斗艳

复苏的旷野上

弥漫着轻润的茵岚

北归的大雁

吟唱着

对冬麦的不舍和怀念

翻越巍峨的崇山峻岭

回归江南

新来的小燕子

像黑色的精灵一般

它呢喃着

在归巢与溪水之间

上下飞蹿

把北国的春天

渲染得生动纷繁

牛儿

在田埂上吃草

顽童和羔羊
在河滩上撒欢
眺望着
盈绿的麦苗、嫩黄的春芽和翻飞的小燕
聆听着
欢畅的羊哞、狗吠和鸟喧
春天
它真真切切地来了

2017年3月9日

春天的样子

春天，不仅是
花红柳绿
草长莺飞
还有梨花带雨
更见芳泻从泥

再看那破茧蓄翅的灵蛾
蕊上纷飞
无论是黄蜂小蝶
还是那点点蜂蜜
都渴望春的来临

和风细雨
瓦解了冬的严肃
春苗破土玉立
塘荷尖角出水
小蝌蚪破卵摇尾
花喜鹊飞上枝头

喳喳报喜

桃红梨白的花海里
俊男靓女，追逐嬉戏
芳心四溢
暖融融的春意
无处不在
演绎着新春的
勃勃生机

2017年3月4日

闹　春

朝阳飞红
推开窗
河心的荒苇丛中
丽音脆鸣
一群敏羽跃然飞出

远岸
春风摇曳着
柔情的柳枝
拨乱了水的心声
雅韵溢盈

放眼水中
有几只野鸭优游
春暖花妍，芳草萋萋
小燕掠梢，春光秀丽

2017年3月27日

春归来

瑞雪照，梅吐芯，迎春花纷飞。
卸旧符，贴新对，爆竹滚春雷。
少小欢，喜声沸，春回华夏笑四溢。
春门开，元气来，沃土复苏正时节。
万民心系中国梦，泱泱中华扬笑眉。

2015年11月23日

好雨知时节

你
终于，知春沐雨
是因为蛰伏得
太久、太久
整整一个冬季
也很少
见到你的踪迹

在春天的大门
打开的时候
北方大地
仍然是
朗朗乾坤

给万物与众生
平添了一份忧愁

众人在怨叹

天气预报，也在失灵
起身的麦苗
眼巴巴，渴望你的乳汁
它要孕育
麦穗的出生

农夫
在等待
你的甘霖
来滋润苏醒的大地
好播种，春的希望
让田野色彩纷呈

你来得正是时候
好雨知时节
春来细雨蒙
农夫愁容展
籽粒得润土

虽然你淅沥无声
却比那惊雷生动

请看那
麦苗
随春风欢唱

万物和农夫在同声欢呼

你来得正是时候

不早，不迟……

2017年2月6日

春光明媚

屋檐下传出窃窃私语

惊醒了春姑娘休眠一冬的梦寐

黑精灵般的小燕子

在衔泥的旅程里

叫醒了沉睡的柳芽

嫩黄的小嘴微微张开

贪婪地吮吸着

春阳唤出的露水

南来的小燕子

用敏捷的羽翼捎来了江南水乡的暖意

喋喋不休地议论着

怎样把新春点缀

迎春花笑了，桃花红了

河道里的冰凌

知趣地舍身在水里

随着清澈的水流撤退

小燕子忙碌的身影
把春姑娘的心事
传遍整个原野
北方的春天
在小燕子的热情和迎春花的欢笑里
春芽飞绿，春光明媚

2017年3月27日

谷　雨

春天的最后一个节气
谷雨来临
繁满树梢的桃红梨白
不舍得离开枝头

初蕾萌动
开始孕育丰硕的憧憬
和风轻拂，绿韵郁葱
寒气与霜冻
被夏季的暖流赶走

雨生百谷
温润的原野
生机灵动
田间里耕翻整垄人欢牛哞
忙碌的农夫
种瓜点豆
春天就这样匆匆落幕

2017年4月20日（谷雨）

早春微诗

春　天

露珠跳舞的模样
引来鸟儿的鸣唱

桃　花

竖立枝头的萌蕾
急红眼的样子
春心荡漾

诗　歌

骚客
看怪了
垂柳的腰姿
又惹来风的摇荡
触动了水的心事
静湖上

碧波柔长……

谎　言

霓虹闪烁的假象
招来一轮银盘
静挂梢头
惑人神往……

2017年2月23日

元旦抒怀

跨过旧历的门槛
听见了春的呼唤
迎春花微展
透露出蕊黄的温暖

卸下冬天的臃肿
让冰雪掩埋在昨天
甩掉一切牵绊
轻装向前
换一春新的祈愿
叫轻盈与从容作伴
朝春姑娘招手的方向
去迎拥新的灿烂

2017年1月1日

第二辑　青春记忆

di
er
ji

qing
chun
ji
yi

暗　恋

有一杯苦酒
在春天里酿就
因为苦涩
才刻骨铭心

在我眼里
你就是百灵化身
真的，是你的优秀
让我却步
是悲凉的家境
扼杀了，萌动的青春

毕业季的寒风
封堵了羞涩的口
自酿的苦酒
独饮到暮秋

那一份不舍

时时在煎熬、折腾
被思念绑架的心
为你侍从
长夜难寐
痴情乱心

曾诅咒，校园的相逢
思慕，像疯长的杂草
荒芜纯真

终究，虽未成彼此的唯一
仍庆幸，此生的结缘相逢
岁月的酒窖
把这份挚爱，酿成甘露
往昔的坎坷舛途，有爱滋润
平长精神，远远的思念
在夕晖殷红的暮秋，回味无穷

2017年6月12日

读　你

透过斑驳的光影
月亮喊疼了
是谁，把你的秀发
稀疏，霜染
岁月的犁铧，翻过往昔的千山万重
把装满尘念的深壑
刻上你的额头

可那张镌刻心海的底片
从初春直到暮秋
岁岁年年
不曾冲洗，永未褪色
远远地读你
把年少的俊美，永驻心中

2017年7月17日

重 逢

两双枯藤似的手
紧紧相握在，残阳如血的暮色里
黄叶，随凄婉的秋风萧落满地
两行清泪，在核桃纹里盘旋、溢漾
双目相对，呜咽唏嘘

一声轻叹
跌落在紧紧攥着的手里
稀疏的花发
怯弱的步履
载满了经年岁月的赠予

相携移步
安坐凄凉的长堤
四目凝望
余晖映照的逝水
殷红的血色，令人窒息

"老了，老了！"
四十年后的第二次握手
冰释初念，神情静然
问一声，一切都好
把青春的美妙
寄许给暮年的回味

2017年5月31日

俏 样

你
直视的明眸
从不羞怯
也不慌张
心底是如此清澈、亮堂

严谨的语气
始终把芳心深藏
柳眉俊俏
秋水澈朗
满月儿芳泽溢漾
俏样柔媚

摄人心魂
缚我妄想……

2017年6月20日

别　离

你
离行的脚步
硬生生塞给我
满腔怀愁

行囊中装不够
难舍的心事
万千叮嘱
都希冀，离别的絮叨
根扎你心

妄图占领
你眼里，过往的一切风景

痴肠永恒
不弃初衷

切记

长夜里，孤灯下
有人在用牵念的
韧针柔线
缀补着，缺你的日子

等你
到鬓发花，眉挂霜
…………

2017年2月20日

心　事

枉凝眉
心海翻覆
无端愁思囚梦魇
惊醒凄然

夜阑心难安
凡尘多恩怨
纷纷扰扰
舛途何以使然

为谁
梳妆打扮
弄姿含婉
情何以堪
一任
愁绪万千

2016年10月16日

寒　秋

秋风催催催人泪，
心事垒垒垒成堆。
残叶飞飞飞天际，
伊人盼盼盼君归。

2016年10月19日

试　图

试图，用微笑
掩饰一时慌张

眼神，在忘形里
早已失守投降
心花怒放

试图，用嗔怪
传递情怀
对方却用有意的佯装
拆穿悦情的预谋、伎俩

试图，用眼神
勾引春芳
咯咯咯的痴笑
惊乱方寸
一溜烟远遁

唯留身后，银铃摇响，马尾辫荡漾
收了羞眸，暗自怅惘

2017年4月9日

大爱仁心

茫茫人海，擦肩时
一声致歉
还有那，笑容嫣然
足足醉了些许年

光阴似箭
一切如过眼云烟
唯留少芳的悦颜
回味绵延

轮回荏苒
虽未重遇，然
仁心大爱，暖溢往昔的尘凡
美驻心间

2017年2月26日

再一次相逢

相逢在
春芽萌动的季节
是花开花落的轮回
给羞涩的青春
平添了
愉悦和神伤的无奈
毕业季的秋风是无情的
等不得，你的犹豫
把萌动的初情
活生生撕开
青春的欢宴散席
在暮秋凄楚的余晖里
忽然
有人在夕阳的暮色里
呼唤你的名字
此刻
已经是残阳如血、步履蹒跚的时节

2016年10月20日

青春不再，往事如烟

阳春三月
巍巍秦山
它，绽开笑颜
是因为我的到来吗
一簇簇，一片片
雪一般的洁白
霞一样的鲜艳
遍山头，满渠坎

水
也在歌唱，叮咚悦耳
穿梁绕山，奔向那山脚下
万顷良田
还有，还有那春风摇动的麦田
波浪起伏，绿海一般
聆听这延绵不绝的掌声
我的心，醉在春天
你

也是在欢迎我吗？

四十年了
你们，还认识我吗？
四十年前
也是在这样的春天
刚出校门的风华少年
捧着一颗滚烫的心
承受时代赋予的，历史使命
扛着简朴的行装
踏着田埂的露珠，奔赴深山
住进了亲手搭建的窝棚

"水利战士"
一个被时代遗忘的称谓
"冬战严寒不畏艰
夏斗烈日不惧难
劈开顽岩山让路
扳倒穷山填鸿谷
鸡峰脚下修水库
高山深处显平湖"

宝鸡鸣陈仓，三秦远名扬
水利战士，血汗筑大坝
缚恶水，穿绝壁，绕山梁

顺民心，出深山

天地改，人心欢
群山赞，英雄汉
血汗凝甘露
万顷旱地变良田

踏春在昨日的山路渠边
抚摸着亲手砌就的石渠塄坎
少年不再
只有花甲老汉，思绪万端

抬头见
春芽初上，松柏挺立傲岸
更见那满山桃花笑春来
枝头群蜂采蜜欢

捧一掬
血汗酿就的甘霖
灌进喉腔，酸甜苦辣
溢满心田
青春已是经年
往事如烟

2016年3月19日

第三辑 岁月印痕

di
san
ji

sui
yue
yin
hen

岁月印痕

油灯折射的倦容
稀疏花白的丝缕
老娘额头的皱纹
静夜窗前的孤影
黎明报晓的鸡鸣
夕晖村头的守候

划破长空的厉影
远映天边的彩虹
东逝不回的河流
西暮残阳的殷红
呱呱坠地的幼婴
殡仪馆里的烟囱
长路疾驶的车轮
还有，还有那

岁月更迭的迹痕
皆因是俗称的光阴

2017年3月6日

赞孕育，唱新生

这一刻
夏的夜，极静
除了远岸的灯
点点星星
黑，成为深夜的主题
车的嘶鸣，人的喧扰
被漆黑叫停
只有倒影的点点星火
证明着水的生动

幽静的夜
初夏孕育的万千生灵
粉墨登台
蛙鸣，虫吟，伴随着忽低忽高的鸟声
肆无忌惮，此起彼伏
它在为春的孕育
夏的热情，欢呼、赞叹

寂静的夜
它们在试听练耳
它是向人类尽情地喧示
它的存在
漆黑的夜
使人类悚心、惊魂
却成了虫鸟欢唱重生的
广阔舞台

蛙鸣阵阵示灵动
雀鹃合欢奏悦声
夜静渔火妆美景
物人寻趣各非同

2016年5月23日

浅秋，送来一缕清爽

秋风，扫落了满池艳荷
无垠的绿，藏不住枝头的硕果
莲蓬招展
岸柳轻俏，清风醉我
蝉儿躲了
新生的雁雀，在溪水之上戏闹
怀胎的秋苞谷，如贵妇般招摇
水盈草茂，远山巍峨
桃李拽枝，果香飘荡
秋色渐浓，沃野妖娆

2017年8月7日

父亲节感怀

在这样炙热的季节
怎么想起，设这样一个节日
父亲节

父亲是什么
他是你呱呱坠地时
最紧张，也最兴奋的大丈夫
此刻，他多了一个称呼
父亲
无论生的是男孩女孩
他从此多了一份喜悦
同时，又多了一份责任和承载
他用世间无私的爱
毫无商量地，呵护你长大，育你成才

当奶水不够吮吸的时候
他恨不得，寻遍整个世界
为你找娘，为你寻奶

每当你犯浑撒泼的时候
他的巴掌
贴在你的肌肤
疼在他的心上

当你偷懒不走的时候
他给你最宽的肩膀
当你绊倒号哭的时候
他咒骂石头：长的不是地方
当你小疾哭闹时
他为你手足无措，为你神伤

天热时他做你的伞
寒冷时他是你的房
饥饿时他是你的肉
风雨时他是你的墙

父亲是秦岭山脊
伟岸但并不张扬
父亲是酷暑寒霜
严厉中炼你成钢
微笑里看你成长

父亲是什么
苍挺的峻岭崇山

无垠的厚土天壤

父亲是儿女远航的桨手
父亲是儿女归来的梦乡

无论过去的岁月里
有多少恩怨和硬伤
念及他给了你生命，养育你成长
无论你在地球的任何地方
常给一声问候，暖融情肠
此刻他定会
暗自掉泪，扪心嗟叹：不枉生养！

2017年6月18日（父亲节）

春将至，念慈父

三十华年掠坟头

碑躬立，草萋萋

望断秦山遮眼眸

年将至，罪儿无路送寒衣

长恨当年不谙事，大年初一爹匆逝

儿初醒，天惊塌，肝肠裂

几回梦追年少事，父之训，耳耳新

诚做人，信立身，受用一生

只念如今难相敬，夜梦亲，日日空

2017年1月28日（父亲三十二周年祭）

守望的娘

春风
挟裹着料峭的寒意
穿透门楣
娘在门洞里
迎风伫立

酷暑
热浪在大地上
四处横行
娘挥汗凝立

寒秋
黄叶被劲风
无情地扫落满地
娘直盯着远方
纹丝不动地站立

冬雪

早已飘满了娘的发梢
娘毅然裹紧衣襟
倚门而立

晨曦里
娘迎着曙光远眺
暮色中
娘借着余晖守望
村头的苍槐下
只要有身影进村
娘就疾声呼唤着
儿的乳名

商海漂泊的游子
每当踏上归途
就想起娘期盼的眼神
和瑟瑟的身影
泪盈襟怀
时时刻刻

儿离娘已二十余年
二十余年，岁月更迭
儿今也步入花甲暮年
可是，门框里
期盼儿归的身影

无论是酷暑寒冬，晨晖夕晚
娘就像一座雕塑
永远定格在
儿的心中

时过境迁
往事如烟
娘盼儿归的姿势
就像一座
伟岸的雕刻
永远
站立在儿的心间

2016年8月1日

寒衣节祭母

它管你怕与不怕
总是要来
思念
在往昔的岁月里
从未停息
魂牵梦绕，撕心裂肺

十月初一
冥阴节
过传统节日的人
都要给亡人
去送寒衣

满埂的蒿草
如同我此刻的心绪
杂陈五味
劈开杂蔓荆棘
面对母亲的灵碑

我长跪不起
一任
愧泪横溢

二十五年前
十月初一
母亲突发疾患
撒手而去
弥留的眼神里
有多少不舍难弃
孝未尽，亲别离

从此
鬼节与慈母的忌日
拴在一起
二十五年
枉想轮回
无尽的思念
往事历历

这一天
从此
永刻铭记
无论我漂泊
千程万里

忌日之日
儿一定回归
为慈爱的母亲
奉上香烛
送去寒衣
把未尽的孝意
寄往天国

2016年寒衣节（母亲二十五周年祭）

长泪送忠实

夏日

刚挣脱春的牵绊

跨过门槛

八百里秦川的苍天

却满挂含雨的云烟

它

不是无意的

只因，古城长安

正在为他忠实的儿子

文学巨匠

送远

长泪

聚不成滔滔渭水

却打湿了文人的心坎

泪盈满眼

缅怀先师

沟壑纵横的容颜

是行行诗文
是岁月犁痕
不懈一世
忠实一生

高天厚土
痛失了你
用生命记载历史的
忠诚巡道夫
文学森林
倒下一棵参天苍松
他，搁笔而去
三秦痛哭，天宫恸容
先生，你一路走好
未竟的夙愿
就让后来者接续

2016年4月30日

清明时节雨纷纷

你
也是在哭泣吗?
丝丝缕缕，细柔无息
淋湿了我的华发
滋润着满眼的绿
还有坟茔上，萋萋芳草
嫩绿的麦苗
也挂满晶莹的泪水

清明时节
你总会如期而来
是因为
少了你的参与
这个
追亲怀古的日子
会欠缺隆重的气氛

清明时节

雨总会淅淅沥沥
陪伴着龙的传人
追亲哭泣
你
渲染着时节的气氛
也唤醒春麦，拔地而起
春雨贵如油
慰故亲，兆年丰

2017年清明节

最后的挣扎

——暴雨之后，目睹树下的黄叶，有感而发

凄风细雨
摧落一地
黄色的小叶
不是它脚跟不稳
骤变的境遇
容不下它的脆弱
坠入尘埃

一片小叶
呈现着惨淡的渺小
和失望的无奈
可是
一地的黄叶
仍挥洒着瞬间的
斑斓与可爱

这
也许是小叶对大地的赠予

把最后的辉煌
强留给这个世界

2016年8月20日

秋夜深沉

今夜
很深沉
下弦月
只顾自己
梦里行船
唯恐，长夜匆匆

星星
从来不争宠
它站得很远、很远

下弦月笑弯了腰
只因为
深秋的夜，确实深沉

媚柳
已开始诉苦

噪蝉只剩下躯壳临终
昏鸦
也少了踪影
唯有秋夜绵悠

风刀霜剑
将满山的绿荫
杀红了眼
茂盛的苇草
刹那间全白了头

群山
也瘦了许多
枯叶
无奈地谢落满野
叮咚欢唱的溪流
只剩下枯竭的呻吟

深秋的夜很长，很长
它不在乎
下弦月
有多少梦萦
被秋风催促着
依附在

凌晨的凄冷里
把心伤交给冬令

三更雄鸡
五更初阳
下弦月的梦萦
也只剩枉然
思忖

严酷的寒风
在考验春的耐心

冬天
它确实不会漫长
松柏
不折服它
就连吐蕊的蜡梅
也含笑迎风

冰雪
挡不住春的激情
和匆促的脚步
春暖一阵风

芳草萋萋
又犹重生

2016年10月25日

静 夜

窗外
闪烁的霓虹
渐渐消失
漆黑的夜色里
喧嚣的车轮声
终于消停
唯见水面上的
稀疏灯影
寂寥婆娑

思潮
随一缕青烟攀升
愁心惆怅
哀乐喜梦，五味杂陈

一声凄厉的猫叫
惊破夜空
是仓鼠，还是雀灵

一瞬间
被了却此生

一丝痛
凝结眉头
......

2016年9月19日

学会忘却

岁月如逝水一般从不回头
时漏的脚步
分秒不停

风刀霜剑
摧残着，春的美梦
腊梅迎风绽放
傲骨铮铮

春笋
硬顶起，一块岩石
用不屈的生命宣示，我要出土

冰雪
依附着一阵春风
滋润大地
万物重生

永驻与不朽
都是骚客的一面之词
长寿与重生是妄想
在忽悠你的年轮

忘却
虽然是一个骗局
人人
都行走在骗局之中
不亦乐乎

2017年1月18日

凡尘自省

往经的岁月历痕
都
存寄给昨天
留几分清醒于今天
叫忘却
把一切旧痕湮没

境遇
也许是
与生俱来的宿命
唯有襟怀
才属于自身对尘世的理解

从明晨开始
淡然前行
快乐着
幸运着
幸福着

2017年1月27日

有幸与你不期而遇

不经意间
云游的脚步
与你相期
有幸
在发射的当夜
驻足在这块
神圣的土地
不是每个国人
都会有如此的巧遇
可是我
行旅的脚步
真真切切
停在这里

八月十五
是华夏子孙
隆重的节日
中秋的圆月

已挂上西域的苍穹
仿佛
在为你照亮
飞天的航旅
十点零四
一个让世人心动的时刻
你燃起呼啸的烈焰
直冲天际
大鹏展翅
天宫翱翔
去践行
中华崛起的远旅

西域酒泉
因为你的到来
就成了大漠深处
一颗璀璨的明珠
梦飞苍穹
一次次
从此起航
你的征程
为世界瞩目
国人神往

今夜

我站在这座城市
近距离为你祈愿
为你
放飞梦想

酒泉
神舟问天的地方
酒泉
飞天的名城
西域的明珠
中华民族圆梦的热土
今夜
全体国人凝望圆月
送你起航

此刻
我站在这块圣地
仰望天宫
看
天宫二号起航问天
我心飞翔

2016年中秋夜

向日黄花映祥瑞

秦岭巍然屹立
峻峰浓郁滴翠
蜀道弯急
车行似虫蚁
山蝉噪鸣不息
极顶热浪消退
山风清爽迎客
酷暑隐退
畅心醉

岭南风光旖旎
崖畔野花摇曳
群山俊秀，满眼竹翠
蜀道难已成古语
通途抵川渝
欢心随

往昔茅舍无踪迹

白墙青脊亮丽

惹眼整齐

古镇旁

涧溪清澈见底

捧一掬甘露扑面

清凉心底

喜上眉

旷野葵花成海

秀山衬依

美女俏妇，忘情如蝶飞

岸柳婀娜

林荫下

老者促膝话今昔

嘉陵江畔，云集消暑客

少小水中戏

顽童满河追

狂声沸

日当正午炊烟起

农家院内飘香味

豆腐宴，柴火鸡

山珍野菜鲜河鱼

游人敞开胃

农妇锅台待客急

香浓四溢

客满誉

忆往昔

山深少见一门客

如今田间村头人成堆

通途引得游客来

山美水秀人纯厚

向日黄花映祥瑞

农夫笑开颜

人气聚

2016年7月17日

唆爱泛滥的地方

丽江，唆爱漫延的镇驿
听
这些客栈的名字：
"爱知屋、初吻居
那天、后来"
它是在昭示什么
它是在发出
引诱的信号
妄想，在这里滋生
春情，在这里酝酿
美梦
妄图成真的地方
"你等我、那一夜
梦归来、爱的海洋"
丽江
让爱泛滥的城驿
几多春少
梦寐的丽江

小溪窄巷
九曲回肠
多少初晴萌芽的爱坊
灯火阑珊，幽韵扬溢
回廊曲绕，妖柳依依
少女萌爱，帅男张狂
丽江
一个唆使情恋
肆意蔓延的爱场

2016年8月18日

庆建党九十五周年

就因为南湖

这一汪水

让华夏子孙

记住了你的名字

嘉兴南湖

乌篷船从那天起

永远定格在，烟雨楼畔

已愈百年

岁月更迭，沧桑变迁

在你的怀抱

诞生的这个政党

中国共产党

就是刺破阴霾

蓬勃而出的太阳

九折百回，荡魂摄魄

从此

肩负起一个重任
要拯救这个民族
脱离苦海，幸福安居
它立誓
要唤醒
沉睡多年的东方雄狮
发奋图强

鸦片烟患，利炮舰船
八国联军的铁蹄
圆明园里的邪火
帝国主义的野心
十恶难赦
军伐混，内忧外患
泱泱中华，哀声连天

你就像漫漫寒夜
挂上梢头的星辰
清静明洁
映透着，长夜寄予的信心
把沉重的心事
从此
掩藏在，四万万苦难同胞心中

南昌起义的枪声

让中华民族终于觉醒
国民党的围追堵截
更加坚定了你
救民族以水深火热中
叫天下劳苦大众得重生

从你建立的那天起
坚持着一个信念：
从来就没有救世主
也不怕神仙皇帝
历尽九九八十一难
脱离困苦艰险

延安窑洞的灯火
至此不灭
宝塔山下土窑里的灯光
使这个政党
浴火重生

为了民族大义
国共携手
忍辱负重
赶走日本侵略军

蒋介石背信弃义

意想独吞
抗日战争的胜利果实
重挑内斗
未承想
共产党人赢得民心

西柏坡简陋的斗室里
发出声声号令
人民战争的汪洋
一举埋藏了蒋家王朝

天安门迎风飘扬的红旗
半个多世纪以来
一直传播着一个伟人的
庄严宣告：
"中国人民站起来了！"

神箭直射云霄
神舟抵达五洲
俱往矣
看华夏大地
数风流人物
寄语今朝

2016年国庆节

南湖晨曦

就因为这一汪水，
让华夏记住你的名字——
嘉兴南湖！
愈百年岁月轮转，
沧桑巨变。
在你怀抱中诞生的中国政党，
就像今晨，
穿透阴霾，喷薄而出的朝阳，
九曲百折，荡魂摄魄，
把沉睡的华夏雄狮唤醒，
把万千子孙的心路指明，
像一个伟岸的巨人，傲立东方
几回回梦里到南湖，
今晨仰日南湖畔。
脚踏着红色圣土，
身临灵光云水间，
想沾点你的灵气，
想聆听先驱者铿锵有力的誓言，

坚我心志，添我宏愿。
为了新中国复兴之梦，
我向你深躬叩首，
革命的圣地、党的摇篮——
嘉兴南湖！

2015年12月20日

中国大秦岭：神秘太白山

穿越时空的隧道，
我们行进在富氧的王国。
宛若玉带的山路，
穿绕在群山之中。
原始森林，遮天蔽日。
沁人心脾的天然富氧，
扑面，清心。
置身此景，
心旷神怡，畅想盈溢。
神奇的大剪沟景区，
群峰之间，夹出一条湍急的清流，
滋养着，来自远古的珍稀物种：西鳞鲑、大鲵
深潭浅瀑，清澈照人；
珍稀的精灵，成群追嬉！
百花争艳，彩蝶纷飞；
峻峰之巅，白云缭绕仙气浓郁。
好一幅俊美画卷、人间盛景！

2015年6月16日

九寨赞歌

秋雨飞，云升腾，凡人入仙境。
雨争宠，雾朦胧，游人如织。
管它风紧雨急，信步入画中。
问大地，谁神功？盛景醉人心！
仙山圣水长相依，迷了杜甫，醉倒李白。

人心欢，笑开颜，谁问雨珠挂眼帘？
云腾雾绕群山笑，风雨荡涤仙山秀。
华夏大地多俊丽，盛景随心 入画中。
醉了游人，欢畅吾心。
岁岁年年来九寨，年年岁岁入仙境。

2015年9月5日

浓秋：垂柳

煦阳，和风，丽日。
穿越时间的隧洞，
与东坡先生，
期遇于凤翔、东湖。
宋柳婀娜的垂枝，姣柔，多情。
倒映在先生洗砚的塘池。
柔美的风韵，醉了先生，美溢雍城。
拾阶相行，落座于喜雨亭堂，
把一盏西凤美酒，相邀同饮。
醉在浓秋！

2016年10月1日

茶的海

——游贵州、平潭万亩茶园抒怀

在我的眼里
海是无边的，浩瀚无垠
而眼前的茶，如海浪般
绵延起伏，泱泱万亩
只见隐约的山峦，
才叫它有了边缘
可是，在黔东南平潭这块地方
滚滚茶浪，绵延起伏
记忆里，观音、龙井、碧螺春
只是浙闽尤物
闻所未闻，黔贵平潭
会有茶园万顷
只种过小麦、包谷的北方汉子
置身此地，放眼滴绿的茶园
是何等触目惊心
失声惊叹：我之华夏
泱泱疆土，沃野旷世，物种纷呈
黔贵高原

茶香四溢

醉倒我心

2016年4月9日

静夜　清月

清月，
柳影，
银辉。

影影绰绰的静物，
岿然不动。
此刻，
夜的沉，
让人悚心。

阴影里，
野猫的一声哀号，
揪心的痛。
是寻子？
是叫春？
一条黑影，
蹿上树枝，
我的冷汗顺脊梁溢出。

清寒的月色，
使冷渗进心头。
孤身静立，
喉结在蠕动，
却发不出一丝声音。
唯恐呼唤，
会惊了魂灵。

夜的静默
使心境更窄，
胸堵心骇。
此刻，
真想与尔对饮，解忧。
李杜不在，
痴心谁懂?

2016年4月30日

东湖美，柳如烟

是你的柔媚
欣悦天皇
丽日
也为你添妆
和煦的艳阳
吸引如织的人流
也惹染着
姑娘们粉红的脸庞
欢声如潮
心花怒放

嫩绿的湖水
映印着你的靓影
为你装扮
相映妙美
流彩益彰

童叟相携

穿梭在绿荫的小径
把古雍城的赞歌
"东湖柳"
"西凤酒"
"姑娘手"
朗声传吟

苏公祠内
文豪的宏篇巨著
影壁展彰
洗砚亭边
一汪绿水
若墨晕犹常

左公柳
迎风湖岸
犹如总督临世
依然健壮
苍劲威昂

湖心之上
窄廊迂回
曲径幽爽
鸳鸯亭里
韵意芬芳

戏声飞场

徜徉在曲径

湖旁见绿柳

美若天降

婀娜异样

纤纤垂姿

似鸭戏水

逗笑了这汪瀛湖

阵阵涟漪

绿韵荡漾

你的妖媚柔韧

意欲绵长

美

醉溢于心

留

游人去步难移

2016年10月1日

期　盼

腊月
是一个诱人的字眼
村头街巷
充溢着
关于腊八粥的，风语风言

俗语说
时过腊八
天长一杈把
翻着皇历
默数着腊月的节令
小年就在眼前

电话那头
传来儿女
归家的时间
爹娘奔走相告
期盼的核桃纹脸颊

终于舒展

父母归来的喜讯
在留守儿童的心底
欢实飞窜
喜泪盈溢上
梦寐的笑脸
新年到，家团圆

2016年腊八节

灵官峡抒怀

穿越时间的隧道

去寻觅歌者

当年的足迹

幽深的隧道

蜿蜒在

立仞绝壁

两条铁轨

无声地承载着历史使命

历经沧桑

连接着成都、宝鸡

嘉陵江奔流不息的长河作证

灵官峡铁路隧涵

是筑路者不朽的丰碑

笔者当年的足迹

早已被岁月掩弃

就连绊他摔跤的荆棘

也没了痕迹

只有那

划破的鲜血和热情
拌和着筑路者的
生命和汗水
筑成这铜墙铁壁
昭昭在立
凌烈的寒风
陡峭的绝壁
隆隆的机钻声
还有如雨的汗水
六十年前
已经在作者笔下
永久定格
无数的先驱者
抛家舍己
用生命和汗水
青春和不屈
在峭崖和绝壁之间
铺上路轨
从此
蜀道之难
已不成为传奇
天堑变通途
宝成铁路
横贯南北

夜走灵官峡

这幅如火的青春画卷

这座勇敢者的丰碑

像旗帜

像动力

更像一台播撒火种的机器

华夏大地

半个世纪的后来者

被它感染

被它激励

铮铮铁骨，传承的担当和敢为

被后来者发扬、承袭、传递

……

2017年4月8日

猕猴桃园话变迁

——眉县猕猴桃园采风速写

童年的我，用稚嫩的双肩

驮你出山

汗水和泪水

给我扮上花脸

叫花子的尿样

使人难堪

乡下人视你无用

城里人

夸你稀罕

我用猫咪的声调

怯弱的叫喊声

似做贼一般

"猕猴桃，一个卖、一分钱"

满背篓的毛桃

只换得块儿八毛钱

用志气战胜饥饿

让忍受征服归远

就是

舍不得花销

一分一厘

它，将充作我

求学的书钱

······

今天，我站在眉坞

三十万亩桃园

听果农讲述

猕猴桃，浴火重生的变迁

七十年代

有心人请你

走出秦岭深山

把野果移植田园

三十年的驯化嫁接

汗水与智慧

叫你脱胎换面

野果变金蛋

行销五大洋

奇果上国宴

农民得实惠

三秦铸名片

猕猴桃，原生态产地的金字招牌
高挂眉县
三十亿元的宏愿
就在眼前

2017年5月24日

芦花飞舞，我心飞翔

我是你怀抱里的花朵
你是我眼眸里的风景
你深藏在高高的山冈上
不惧严寒
在隆冬里迎风飘荡
给荒凉的冬季
增添异样的风光

因为我炫丽的红妆
衬托出你的洁白
你的时尚
我因为遇见你
心花荡漾
你因为我的到来
遥相呼应

我的丽音
从心底放飞

你的欢畅
随微风飘扬
我和你
相得益彰

哦，芦花
深山里的凤凰
洁白、靓丽
你让我心醉
银穗飞舞
我心飞翔

2016年11月26日

芦花，严冬招摇的旗帜

你是在舞蹈，
还是在挣扎？
你是在炫耀，
还是在飘摇？
你是，虽死犹生的招展，
更是你，对严冬的嘲讽……

疾风帮你播撒一生的孕育，
红尘接纳你万千个未来。
你在嘲笑寒风的无知，
你在欢语丰厚的收获。
冰消雪融的春天，会如期而至，
你的重生
又将会纷繁广袤的田野。

2016年11月29日

雪

你的轻微
近乎于忽略不计
轻盈的身姿
难以用质量衡计

可是
你的厚重
可以将
所有的尘垢掩埋
缥缈之旅，坦然纯洁

待到了春的来临
在它的怀抱里
又无私地消融自己
去净化污浊的尘埃
和春阳结伴
去滋润新生的万物

潇洒地来到这个世界
悄然地化作甘露
去装扮广袤的原野
把无私赠予未来

2016年春节

冰精灵

在这荒芜苍凉的冬日
你用另一种形式
展现你的雄浑和壮美
千姿百态
给严冬，添一道
异样的风景

但是
春天的脚步声
步步紧逼
暖阳下你流着
不舍的泪水
还原本色
汇聚成涓涓溪流
滋润着春情
繁衍生息

2017年正月初五

一个孤儿的心声

看央视《寻亲》栏目，为孤儿呼唤父母而作。

放学的铃声
伴随着骤起的狂风暴雨
无情地倾泻
花雨伞下，绽放着一张幸福的笑脸
父母怀里
小拳头舞动着阵阵疼爱与责怨
可是
斜插而下的雨点
像万千利刺
插在我怯弱无助的心坎
暴雨，劈头盖脸
孤独的心泪
被它无情地遮掩
内心的呼唤，被狂风湮没
无助的我
此刻

只能把瘦弱的身躯

蜷缩在冰冷的屋檐下

目送欢乐与疼爱

渐渐远去

我的内心，在拼命地挣扎、呼唤

爹、娘

你们到底在哪里？

儿想你们，肝肠寸断

不怪儿贪玩，丢了自己

是人贩子的贪念

叫儿孤单

虽然庆幸逃离魔爪

从此

却栖身在缺失母爱的孤儿院

一年，又一年

我不奢求，有新衣穿戴

更不稀罕热汤、好饭

爹娘的怀抱

何日才能

给我归还？？？

2016年6月12日

心宽曲径皆坦途

前路盘弯处
满眼繁花织景秀
峰回路转境非同
险情隐未知

景美全凭心襟
所谋人各不同
人生长路各境异
前径谁人知？

慧心树韧恒
遵道脚生风
不惧前路多困苦
奋力攀登绝顶
抬眼华岳万山重
群山眇如钉
你能重几分

放下心事前行
曲径终有出处
历尽劫难会有时
谁言歧路无坦途？

2016年5月17日

有感于陕西省政协
关于政商关系之调研

鱼和水天天争执
政和商本是一根
皮之不存
毛何所依
为什么?

水说
因为我的泛滥
你长得太快了
我还没有准备好
捕捉你的工具
你就肥硕无比

鱼说
我永远
不会离开你的
因为
你握着我生存的命脉

我张扬
也是拜你所赐
因为
万物生长
都离不开水的滋润
星辰轮回
更改不了你的权能

水
能够载舟
也不情愿覆舟
没有舟的存在
汪洋也全是泪水溢涌

舟
可以载人、载物
也可以协助你
抵御外敌
繁疆富土

鱼的繁衍生息
离不开水
水的广漫无垠
更应该重视鱼的努力
这就是政与商的关系

扩源守土

缺不了商家的赋税

民族兴衰

少不得政权安危

政商相携

成就，中华民族之复兴远景

2016年4月28日

世界之大，你只是一粒尘埃

我不优秀
但我很善良
我不富有
但我曾经
拥有消受不完的贫穷
世界很大，很大
只是你的境遇，太小，太小
站在群山之巅
才知道
凡尘在尘世间有多么渺小
贫困是前世给你安排的财富
你拥有多少灾难
你才会有承载财富的宽肩
上苍不会偏护
任何一粒尘埃
你拥有诚善、仁心
你就会拥有自己的世界

和你的敌人做朋友

没有你打不败的仗

岁月很短很短

昨天的辉煌

不用给别人夸耀

尘世间

你只是一粒尘埃

世界之大

放开你想象的翅膀

你只是微不足道的

一粒尘埃

你不要看不起

任何一个生命

人活一世

草木一秋

你不要对待人生

抱有一丝投机心理

上苍不会偏袒

任何一条苟且偷生的生命的

切记

你只是大千世界里的

一粒尘埃

2016年3月27日

赞夕阳

这夕晖，美得叫人叹赏
残阳，把最美的一页印在天际
这不是挣扎，更不是昭彰
它是把凄婉的美
镌刻在凡尘心上

夕阳的安详，不关乎垂死的慰藉
它是用灿烂，权作最后的张扬
夕阳的雄浑，在用弥留的一瞬
把拙朴的美德，和不舍的情谊
寄于世上

2017年6月27日

雪域高原傲岸的牲灵

    2015年8月底，终于踏上了世人神往的雪域高原西藏。纳木措湖的清澈和浩瀚，净化着我浮躁的心灵。唐古拉山的冰雪世界令人震撼。更让我心悦诚服的还是皑皑白雪中，悠然觅食的藏绵羊和雪坡上黑珍珠般的牦牛。还有海拔五千一百九十米的纳木措湖面上自由翱翔的鸿雁。我为生命的顽强而感叹，被牲灵的无畏和勇敢所震撼……

皑皑的冰雪，将西藏高原的丑陋悉数掩盖
凄厉的寒气和茫茫的银色
仿佛要冻结整个世界
无不显示着它夺命的淫威
五千米海拔的唐古拉山
空气稀薄，人迹罕至
唯见觅食的藏羊和牦牛
却是那样的悠然自在

被誉为地球天眼的纳木措湖

盈溢在五千一百九十米的高山之巅
清澈与湛蓝是它圣洁的容颜
宝石蓝的湖面，摄人心魂，令世人惊叹
环绕的雪山和白云浑然
仿佛似水天相连
不尽的寒意
倚仗着凛冽的凄风，在这里肆无忌惮
唯有矫健的红嘴雁，在天湖上翱翔翻飞

生存在生命禁区的牲灵
是那样的无畏和勇敢
给寻求广阔栖息地的人类探路、壮胆
它在宣示生命的力量和承担
它在预言，万物生灵未知的家园

2015年8月26日

痴　心

厉影惊雷浩苍穹
惊飞春之魂
风凭淫威横行
残枝败叶飞纷

天涯漂泊成异客
固守一丝乡愁
初心常萦故土情
童真在
常梦家乡好
不敢附秋风

2017年5月28日

无　题

当物质
不再是唯一追求的时候
你还在寻求什么?
当裙装
不再神秘的时候
你还想追求什么?
当男人
不在想决斗的时候
你还在等待什么?
当全裸
不再是怪物的时候
你还在掩饰什么?
当地球
成为一个村庄的时候
你还在郁闷什么?
当鲜花
四季常开的时候
你还在忌讳什么?

当银行
天天纳储的时候
商业保险
你凑什么热闹？
当保健品
泛滥成灾的时候
你摸一摸腰包里
银子还剩多少？
掌控地球的每个角落的时候
当铁托、萨达姆、卡扎菲成为罪人的时候
地球村的焦土上
遍地残骸

当一只鸟
成为世界珍稀物种的时候
人类已成为
地球村最多的动物
当汉字的一撇一捺
书写最多的时候
有几个人
能把做人的真谛
理解透彻？

2017年3月19日

凡尘过客

无论是饥困，还是交恶
无论是暗箭，还是灾祸

不管是时世的巧合
还是命运的坎坷
甚至是无端的诽谤
误解、辱没和迷茫的许诺
福祸相依
凡尘难躲

人世间
总要经历，许许多多的
阴晴圆缺，天灾人祸

茫茫人海
当自知
你只是微尘一颗，俗不足道

固守住生存的勇气
任凭
风刀霜剑的打磨
从容面对
淡看花开花落

当一个人
能承受和适应来自四方的灾祸
勇敢地活着
这，也许就叫
修成正果

2017年3月8日

别回头

把黑暗
寄给夜晚
心襟会自得安然
把希冀藏于心间
前路上会看见明灯一盏

把未来
植根心田
不恐愁没有春天

把烦迷
还给昨天
步履会一路坦然
不叫歧路和荆棘
成为前行的牵绊

让灾祸磨炼祈愿
放眼春夏秋冬

看一路境遇非凡

视每一次擦肩

皆是尘缘

2017年3月6日

无　题

尊严和权力
能相提并论吗?
人格和金钱
能相提并论吗?
智者和诚笃
能相提并论吗?
贫穷和朱门
能相提并论吗?
仁慈和仗义
能相提并论吗?
君子和小人
无法相提并论
农夫和商贾
无资本相提并论
爱情和友谊
也不能相提并论
亲情和现实
不可能相提并论

宇宙和凡世
更不能相提并论
男人和女人
都怀有万千心事
女人说我是
伟大的母亲
男人说我是
伟岸的父亲
阴阳常相争
岁月无情流
君子坦荡荡
小人常戚戚
人生路漫漫
舛途有定规
平心度天长
祸福坦然历
江河东逝水
日月无穷期

2017年2月9日

假　如

人的一生
从来就没有假如
假如我生于权贵之家
我就是公子少爷
假如生于乞丐之家
我就是丐帮一员
假如我生于农耕之家
我就是
修理地球的后代

人的一生
都喜欢假设
假如我……
就是忘记了
来到这个世界
呱呱落地的那一刻
号出的第一声呐喊
就是，娘啊娘

我要吃奶
母亲她，也很无奈

当你从媳妇
变成母亲
才体会娘亲
无尽的磨难
没人理解

母亲的痛处，到终了
不会
诉给丈夫
说给后代

母亲的伟大
无需儿女去理解
默守一生
只求儿孙满堂
夫妻和谐

尘世间
从来就没有神仙皇帝
也不存在假如的未来

面对未来

从即刻做起
志存恒远
忘记假如
从头努力
时不我待

2017年7月30日

梦已达此，梦想成真

　　2016年春节，为了和儿孙新年团圆，远涉重洋来到美国建国的古地费城。闲暇之余，游历了独立广场、富兰克林大道和令世界瞩目的费城国立艺术博物馆。梦已达此，三生有幸。

真托了儿孙之福
只为过个团圆之年
遥行万里
欣然驻足于美国费城
这座"友爱之城"
古之都城

美利坚合众国
几百年历史
在此开始
《独立宣言》
《联邦宪法》
还有星条旗帜

都诞生于此
独立宫、自由钟
成为都城的经年铁证
每天迎送着
世界各地的游人

本杰明·富兰克林
一个离家出走的孩子
在此驻足
背负着政治家、作家的伟名
终老费城
就因为他是
《独立宣言》《联邦宪法》的缔造者之一
就因为是他
创建了而今
驰名全球的宾大（宾夕法尼亚大学）
斯库尔基尔河畔
世界最大的费尔蒙特公园
横贯东西的林荫大街
永远地镌刻着
本杰明·富兰克林的名字

只为团圆年
真就沾儿孙的便宜
小住于此

闲暇之日，有幸徜徉在
费城艺术博物馆的圣堂
惊世骇俗之绝笔
装满圣殿

仰望着幅幅名卷、座座精雕
屏气轻履，唯恐惊动
画框里的经典
穿越时空
与达·芬奇、鲁本斯、罗丹
相会于美的圣殿
恭首默念
三生有幸，眼福非浅
梦已达此，醉溢心田

2016年春节

乡愁，元宵夜，在异国

费城的夜空
高远而清澈
星朗且清晰
一轮明月
借挂在教堂的塔尖
悠长的十字街廊
昏睡的街灯
还有
孤寂的行影
未消的寒雪
写尽了一片凄婉

我妄想
万里之遥的
我的故乡
今夜
无论是城市
还是乡间

处处该是华灯高悬、楼宇璀璨
烟花万彩映苍穹
炮仗钻天飞龙凤
长街灯笼艳如火
满巷欢童戏元宵

此刻
独立在寄居的阳台
仰望星空
只有托星斗或流云
把遥念捎回故土
让欢愉融入其间
沾尽元宵的喜气
填满乡愁之苦海
抚慰异居之缺憾
仰望着异邦的圆月
寄一片远念的乡愁
梦回家园

2016年元宵节（美国）

费城华埠的鞭炮声

国人的年该是过到了正月初八
美国费城，慢故乡十三个钟点
唐人街的各类行当，大小商铺
都挂出了新年的彩头
鞭炮、菜头、红彩包
阵阵鞭炮声在华埠炸响
锣鼓和旗帆，热闹非凡
绚烂的彩狮，在家家门前送福祝愿
商主恭敬地迎接彩头
双手送上祈福的彩单
唐人街的华夏子民
在正月初八，这个吉祥的日子里
用中华传统的方式
祈愿新年开门大吉
财源广进，钵溢盆满

2016年2月12日

立春节，遥想故乡

中国立春节气的当日，美国费城古老的教堂塔尖，飘舞着鹅毛大雪，勾起思念故乡春天的情怀。

晨钟，踏着古老的脚步
从教堂里走来
鹅羽般的雪片
是春风下派的天使
它从教堂高耸的尖顶
飘临人间
一切丑陋悄然消失
斑驳古朴的街镇
被银白色渲染
冬季的枯枝和街灯
挂满了银色的梨花
春天的脚步匆匆

伫立在儿子租居的阳台
沐浴着美国东海岸

古都费城
立春节
飘飘扬扬的瑞雪
遥寄地球另端的东方
故乡的来春
瑞兆丰年

2016年2月6日

不负春光

尘世间，不尽是阴沉凄凉
心寄暖阳，仍给予前行的希望

秋雨过后，斑斓的秋色也不失清爽
那落日，也会用西幕的余晖挥洒光芒

岁月，在四季更迭中复往
胸襟，在前路会越走越长

忌倦怠，生命的短暂与匆忙不必神伤
坦心行，不负春光

第四辑 旧体诗词

di san ji

jiu ti shi ci

痴情篇

知　否

径幽夜静月光寒，风冷人缩绰影弯。
鹊雀亭廊琴瑟紧，知音未可韵声残。

知　己

百草一秋人隔世，光阴荏苒逝如斯。
凡尘幸遇知心伴，把盏常吟结谊时。

七　夕

银河域阔星稀远，俩慕幽逢月老急。
喜鹊结桥情侣渡，痴心欲寄枉无期。

枉 然

群芳常寄春秋梦，枉驾时光绽艳争。
风疾花残徒往影，密云雷电泪泉生。

长相思·寄离愁

泾水流，渭水流，流进风林古渡头。
秦关枉寄愁。
恨悠悠，欲悠悠，欲至黄河才罢休。
月清人盼留。

忆秦娥·惜别离

清秋月，长安萦梦伤离别。伤离别，
满盈冷色，柳岸匆别。
西京城内团圆节，咸阳古渡秋风绝。
秋风绝，夕晖残照，晚霞如血。

青玉案·愁梦归何处

一帘愁梦归何处，晓鸡叫、晨盈雾。
辗转无眠痴女苦，旧情新曲，忧愁苦楚，
妄欲欺心赋。

闺楼只影随弦舞，隔岸昏灯寄哀簿。
难忍素心由意去，情心枉幻，千秋尘路，
均尔纷纷土。

浪淘沙·惆怅

深谷水幽流，呆立溪头，眸怜落叶泛
残舟。万盼心愁何处诉？惆怅临头。

烦绪怎才休？曲径深幽，山风凄婉欲
悠悠。痴意驾云飞宇野，枉顾春秋。

踏莎行·别伊人

林荫幽深，情痴路短，相依无语离心
乱。小溪宛转向东流，远山日暮天归晚。

峻岭连绵，云天飞雁，时光更迭红枫
换。意存秋色展残颜，愁情别泪盈凄面。

如梦令·忆同窗

岁月不留往去，常念结缘相遇。
同室认知心，互勉相帮激励。
幸遇，幸遇，受用终生情谊。

清平乐·知遇

对眸一笑，逢巧良辰好。意眼迷离芳
心闹，红粉扑腮羞恼。

万物韵致非常，红尘知遇梦狂。缘到
心慌弄手，白日交运眉扬。

卜算子·枉忆

枉忆初相逢，年少缺心眼。结业匆别
语已迟，回首惜离晚。

长夜思梦萦，孤枕痴情怨。苦念卿颜
卿知否？寄月捎祈愿。

玉楼春·咏佳人

万花丛里一娇娜，颜映芳龄容妙雅。
体灵如鸟鸟依群，歌嗓悠扬飞远坝。

柳腰轻摆姿如画，玉指轻拂梳秀发。
花妍灵动彩蝶欢，偶蕊静开塘柳下。

蝶恋花·芳情忧

夕落幕沉灯若醉，车抵匆匆，急往何
谁会？迷眼惑寻人海里，谁知载者今何意？

秋历四时如逝水，一枕幽情，春去秋
风替。郁闷痴情谁可寄？梦深只使人憔悴。

定西番·离诉怨

远岭夕阳昏暗，离诉怨，日西偏，悔
心酸。

孤夜梦萦牵念，去人何日还，期盼使
人凄惨，泪如泉。

钗头凤·痴情怨

俗尘吟怅凄风厉，溪枯水。远山消瘦
荒芜倚。衰颜上，暮秋象。俗尘情苦，舛
途迷惘。怅，怅，怅。

红尘事，痴情罪。薄情愁绪何方寄？
扪心想，愁肠往。凄然回眸，满留惆怅。
枉，枉，枉。

鹧鸪天·喜相逢

玉手羞颜送酒盅，浅吟琼浆惹腮红。
敏眸一触芳心动，半折羞容退若风。

期如见，喜今逢，几多情意与君同。
躲回闺阁临台照，芳面飞红醉意浓。

鹧鸪天·美梦

日艳风轻鹊绕窗，花妍叶嫩散清香。
门前喜鹊高梢唱，院内鸡飞忙坏娘。

梳云秀，换红妆，痴心柔媚映腮庞。
羞矜静候情郎与，情窦初开美梦常。

临江仙·秋晚枉伤神

重阳秋深群山瘦，登高枉忆秋冬。眸玉面俏羞容，惹人妄想起。桃色笑春风。

人瘦鬓花山依旧，秋淋倾诉肠衷。情怀春梦苦愁浓，茫原孤独影。只惜落枫红。

蝶恋花·心凝大爱同生暖

远寄痴情愁楚伴，时已经年，匆见心声颤。双目相逢冤欲炼，犹聆心底声声唤。

错起春初情顿慢，憾已归迟，君悟时光晚。期遇恋情人未愿，心凝大爱同生暖。

浪淘沙·思念

树上空巢悬，冬景凄然，孤身难敌冷风寒。愁绪萦忧眉结锁，谁问何牵？

整日自寻烦，情寄云端，别时信誓定时还。可惜春光如逝水，愁垒心酸。

浪淘沙·痴念

树上雀巢悬，冬景凄然，窄心难敌冷风寒。愁绪萦忧眉宇锁，谁问心牵。

整日自寻烦，情寄云笺，别时信誓定时还。可惜春光如逝水，愁垒心酸。

远行吟

赞天山天池

灵水如天眼，瑶池映雪山。
群峰投靓影，万木泼浓颜。

西域残阳

大漠斜阳焰，荒戈四惨然。
长迢伸去远，举目旷无沿。

雄关怀古

雄关威武盘西域，游击将军阻外夷。
皇帝历朝深殿宿，烈臣大漠勒铭碑。

他乡遇故知

萍水相逢交故友，品茗敞叙话诗文，
谁言茶淡缺词意，只恨他乡晚遇君。

西域寻访渭水源

2016年6月云游陇西，造访渭河源头。
追源寻梦青山顶，但见深幽品字泉。
三股清灵盈壑涧，古贤导渭润耕田。
长河涌溢激流远，西域承泽数万年。
秦陇臣民恩水运，物丰禾旺众生安。

游无锡惠山古镇

石路粉墙龙凤脊，雕梁画栋匠心奇。
锡山滴翠飞新韵，幽巷无言古境怡。

江南竹海偶居

客居竹海茅山下，溪水清凌映碧霞。
谷翠鸟啼绵岭秀，隐身仙境笔生花。

望故乡

身处别乡成异客，风残路宿想娘亲。
尘途孤寂登高远，穷遍千山独一人。

玉几镶嵌洱海央

玉几岛镇旁洱海，琼水灵光绕秀庄。
仙境溢盈金律荡，摄人心魄魅波扬。

苗寨晨色

晨露凝晶盈绿韵，薄云隐约有耕人。
谁言山险无来客，溪水莺鹃闹美辰。

过狼渡草原

水盈草绿炊烟绝，地广人稀烈马欢。
征远红军遭沼陷，只谋大众享平安。

西江月·凌空鸟瞰

万米凌霄俯瞰，崇山峻岭连绵，银龙插翅破云烟，窗外絮云如链。

脚下江河宛转，放眸望断云山，天蓝海阔宇辽宽，韶焰天边璀璨。

唐多令·深山小居

茅舍倚山荫，柴门飞鸟吟。水叮咚，空谷听琴。信步溪边寻逸趣，鹂无影，妙声闻。

爽气溢丛林，柔光射满襟。野花妍，香味袭人。沟壑幽深花露润，神仙境，悦君心。

临江仙·远念故乡

闲坐常思年少景，清河宛转围村。春来冰化野鱼频。沃田麦浸露，归燕筑巢勤。

岁月如梭摧尘梦，黄粱盈枕伤神。镜前青发染花银。逸情何处觅，旧景逝无痕。

风入松·回首人生

江湖迷惑苦寻常，艰险神伤。痴心不惧天涯路，试伸手，血气方刚。历尽舛途迷惘，领经酷暑寒霜。

冷潮轻待练怀量，夙愿弥偿。踏平坎坷成基业，猛回首，黑鬓飘霜。恒志慰藉心想，暮年无悔安详。

临江仙·漫步武隆天坑

艰履迂回坑深处，岚烟扑面清风。天桥飞渡摄魂惊。浅溪映靓影，绝壁挂晶莹。

慢步谷底怡情悦，放眸环抱苍葱。峻岩千仞鬼神功。坑深隐逸趣，飞瀑映豪情。

鹧鸪天·九月赛里木湖

灵水环山秋色浓，长迢如带绕湖通。天山北岸积银雪，苍柏南梁溢墨葱。

驱车往，喜今逢。西方净海照群峰。碧波粼粼游人醉，七彩祥云映丽容。

清平乐·登六盘山

阳烈热漫，举首极天湛。虎踞六盘军
绿染，群塑颂英雄汉。

侧耳聆喊声欢，号角亮帜旗帆。壮士
聚齐山上，铁骑直取茫原。

喝火令·雨后草原

雨去群山秀，天高旷野新，小河迂曲
默流银。天籁丽音豪亮，寻韵觅歌人。

茂草青波荡，羊欢满地奔，草原深处
现牛群。静赏花妍，静赏绿无垠，静赏草
场风景，广茂摄心魂。

鹧鸪天·苗寨晨曦

渺渺云波绕岭巅，苗楼晨景妙如仙。
群山娇媚云烟荡，沃壤层层水镜涟。

吾心醉，满心欢，几回梦里上苗山。
身临怡境胸怀畅，放眼云烟欲若仙。

故乡情

麦熟时节

风吹金起浪，夏至算黄啼。
布谷催耕种，农夫下手急。

秋 色

秋风催季往，天湛谷禾黄。
草茂溪盈满，牛肥小犊狂。

冬 至

长昼今时短，凄风数九寒。
雾蒙淫雨度，路泞步蹒跚。

黄　叶

冬至凄风紧，黄枯遍地飘。
枝头无绿意，树下垒金娇。

北方冬景

日升晨雾退，荒野厉霜威。
柿子红如火，昏鸦绕树飞。

关中飞雪

大雪飞秦岭，陈仓酷冷疾。
渭川风起哨，老少换衣急。

小满时节

麦花飞满地，遍野荡青波。
饱穗迎风笑，农夫喜备割。

书　生

生来清淡命，天地一微尘。
夜静寒窗冷，文章补气神。

惜荷香

莲塘波绿韵，荷艳醉人心。
一夜狂风起，花残惜别吟。

及时雨

其一
霾阴临夜到，雷滚雨狂飘。
酷暑随风去，清凉伴梦霄。

其二
阴云催雨落，蔫叶展枝腰。
久旱逢甘露，田园溢绿苗。

寒　露

雨纷秋色冷，寒露白霜生。
秦岭千峰瘦，河川少鸟鸣。

霜　降

晨冷寒霜降，高梢瘦叶黄。
百虫无迹影，旷路厉凄凉。

秦岭秋景

秦山秋雨后，天湛白云悠。
霜历红枫艳，风斜百壑幽。

芒　种

芒种循时到，积肥备夏播。
全家齐上阵，众手抢收割。
头晌修田坎，凉晨起稻禾。
麦场脱胀粒，房院晒新颗。

暮　春

繁艳随风少，天晴柳絮绵。
远峰盈翠韵，近垄麦波澜。
耕者忙农具，雷轰水溢潭。
空山新雨后，布谷叫声欢。

春　醒

阳骄河漫雾，麦嫩荡茵氲。
大地生轻润，农夫盼种耘。
天晴梅吐艳，微露醒迎春。
万物萌新意，初芽展蕊心。

秦岭圣果五味子

秦山五味子，熟透挂红珠。
鲜果能开胃，存笺治病夫。
巍峨群岭里，沃壤蕴神株。
百草修章记，登堂佑众福。

春暖花艳芳情溢

初阳生暖意，柳绿嫩芽肥。
峻岭繁花笑，梨园白雪霏。
迎春枝上闹，燕子近窗飞。
乡野多情韵，村姑脸颊绯。

山中偶居感怀

深谷农家院，闲暇客数天。
青竹荫爽气，溪水细声欢。
晨露湿出履，斜阳送下山，
偶闻耕者苦，勾我泪湿颜。

久别还乡

心垒思乡愿，归来却惘惶。
旧村人影少，唯见老林苍。
远眺田荒废，回眸脊露光。
倘如曾未往，怡景梦萦常。

深山秋浓

霜结晨烟直，初霞映秀峰。

小河盈白雾，峭壁挺苍松。

火柿枝头笑，茱萸梢下钟。

涧溪灵水净，红叶染秋浓。

桃花绽放咏春诗

其一

桃花绽放韵春诗，娇妙繁妍忌妒时。

都晓初阳颜溢美，不知雨后绿怀辞。

其二

桃花绽放韵春诗，娇朵盈头叶罕时。

是夜一场风雨骤，残红遗泻惜离枝。

其三

桃花绽放韵春诗，风扫红怜惜泻时。

妙女凄容愁楚瘦，枉然伤绪咏哀词。

其四

桃花绽放韵春诗，文客芳娇舞恋姿。

彩笔毫峰书画意，满眸妙色入吟词。

其五

桃花绽放韵春诗，溪涧飘红别俗时。
逝水不怜痴者梦，盼存枝上好吟词。

其六

桃花绽放韵春诗，露润蜂迷艳悦时。
娇媚缤芳欢映衬，文人挥笔寄情词。

赞新陈仓

岸堤垂柳依河舞，渭水荒滩泛绿洲。
汉韵秦风灵杰地，千禾滴翠映浓秋。

寒　冬

昨夜一场冬雨落，今晨淫雾起寒潮。
初阳少暖凄风疾，黄叶纷飞满地飘。

秦川暮秋

岭下秋风凄冷急，山南冰雪示淫威。
冬来寒酷齐头进，叶落枝枯竭水微。

关中即景

渭川寒厉凄风急，秦岭群峰白雪飞。
秋暮冬临原野瘦，叶枯枝竭路人稀。

咏野菊

崖头怒放斗秋寒，霜洗风劫笑亦然。
庭蕊百娇谁可比？独昂野屹傲青山。

春　归

风摇柳枝展新绿，春寒雨细梨花飞。
初芽挑露映生气，满崖桃花笑春归。

父亲节感怀

天堂路远谁同去？生世常思父母恩。
先祖虽遥渊永敬，总怀诚意报慈心。

母亲节感怀

敬母节临我愧然，娘颜不在向谁欢？
光阴如水东流去，欲报慈恩仰问天。

绿夏登陟

重峰滴翠雀莺啼，气畅轻身健步急。
人老谁言休履陟，高山峻岭信君疾。

乡村晚景

一轮昏日挂西方，耕者吆牛下陡梁。
倦鸟归梢鸡上架，炊烟轻袅绕山庄。

梦里故乡

崖畔迎春洁样溢，檐边燕子每年回。
河流清澈鱼虾戏，岸上桃花满树飞。

浅　秋

蝉噪渐稀禾粟旺，浅秋柳茂果飘香。
远山如黛游人醉，近水清凌奏悦章。

北方夏景

夏来春蕊随风跑，却见石榴绽满梢。
垄野麦熟金起浪，牵牛藤上号声嘹。

秋月、孤影

如玉冰轮湖水倚，柳枝绰约拨涟漪。
夜深人静秋风习，唯见孤芳近岸期。

民　怨

北旱南洪频发害，毁房淹植众遭殃。
人违天运忙功利，灾祸临头枉自伤。

酷夏吟

伏天日炙无云雨，蝉噪阳炎热气翻。
邀友寻谋清静处，品茶消暑解心烦。

静夜月

光火渐稀街市冷，车灯幽静似流萤。
夜深天地浑无色，唯见冰轮溢妙灵。

夏　荷

出水嫩肥波绿韵，翠葱不掩傲然心。
堤边靓妹痴情舞，叶下蛙鸣伴合音。

荷

扎根垢浊心纯洁，出水临风韵雅开。
不与百芳争媚艳，只存沃壤许莲栽。

咏睡莲

夜来闭蕊枕茎眠，天亮花飞艳韵欢。
垂柳倚风塘上舞，睡莲出水绽娇颜。

关中旭日

破晓秦川红日灿，金晖普照水生烟。
晨清气爽轻岚缓，堤柳妖柔入镜前。

咏上弦月

夜静临窗弦月笑，惹来绝句入新笺。
渭河银溢呈诗韵，纸上挥毫咏妙联。

无　题

老屋拆迁成瓦砾，春来小燕泣无依。
儿时人鸟欢声伴，今化童谣梦里归。

雨打春花泻归尘

桃艳梨纯新柳嫩，迎春怒放露颜醇。
忽然一夜寒风紧，枝上芬芳泻做尘。

桃花绽放闹春浓

桃花绚烂盈诗韵，扑面清香醉妙容。
繁朵枝头飞雅意，满眸祥色闹春浓。

白玉玲珑

庭院塘边植玉树，未芽先蕾吐白云。
骨直凌厉彰怡影，纯朵高头映雅馨。

玉 兰

粉艳玉容盈韵沁，绿芽未展竟芳苔。
争春花发谁能及？傲立丫端独自开。

春　来

微拂细柔萌嫩出，春淋阴润恰需时。
冬禾滴露黄枯退，流水盈温鸭早知。

立　春

傲霜斗艳黄花洁，独立寒风满岸开。
灵鸟戏游阳韵暖，枝头喜鹊报春来。

春　韵

阳暖风轻池溢韵，桃红争宠惑凡尘。
柳芽盈嫩柔姿舞，娇俏芳心笑漾春。

春　景

柳嫩桃红花溢韵，苍松锁雾谷深幽。
莫谈四季言春景，雨细风轻叶润柔。

迎春凌雪傲争春

昨日寒来银雪舞，黄花凌冷傲枝头。
隔天雪化匆然去，阳照春浓洁艳稠。

残　荷

叶枯花陨残枝竭，玉藕冰心沃壤栽。
待到春风盈绿岸，芙蓉出水绽妍开。

大　雪

大雪节时银未及，天凉月冷伴星稀。
邀君把盏除寒意，冬夜围炉待雨飞。

阴雨十月

季来十月雨阴涟，群岭烟云雾绕绵。
风紧叶枯还地乱，秋深冬近冷连天。

丹桂溢香人心爽

八月江南丹蕊灿，重阳西域桂鹅黄。
奇花依绿开枝上，满溢幽香在院廊。

今又重阳

秋风萧瑟青山瘦，岁月如梭迭替忙。
今又重阳临远眺，满棱野菊斗寒霜。

长假之伤

长假七休终盼到，喜欣烦恼也登场。
别人塞睹唉图往，我站清窗郁闷伤。

院内桂花盈异香

异香扑鼻盈庭院，缘出繁枝碎蕊开。
丹桂本归南国植，移栽西域也萌苔。

暑难熬

蝉鸣阳烈烘波滚，路客形匆酷水流。
头晕目眩愁意泛，燥昏乏困热无休。

槐　香

繁穗盈崖花若雨，纤芽初展嫩枝微。
春风轻掠槐香荡，蜂簇蝶拥绕蜜飞。

咏　竹

生于南国千峰秀，根植西疆满岭梢。
制就横笙飞雅韵，编成篓斗载莲茭。

兰　花

蕊淡若菊婀娜样，朵朵儒雅羞红妆。
风抚柔姿幽香远，兰亭深处溢芬芳。

咏吊兰

窗前高挂盆兰嫩，万缕千丝吊育欢。
只与赏翁盈韵意，不同百卉斗花妍。

五月登临太白山

烟上峻拔绝鸟渡，太白伟岸断云层。
杜鹃傲雪山头绽，银雾飘浮万壑轻。
仙境盈眸人欲醉，极巅悦目爽情浓。
日巡四季非同景，无限风光在险峰。

关中初夏

瑞艳纷飞春已暮，万禾盈嫩夏情浓。
渭河流域群鸭戏，秦岭巍然溢郁葱。
小麦起身忙孕穗，农夫低首抢时耕。
桐花繁密高枝绽，桃李梢头果蕾丰。

大 暑

皓月灿星盈朗宇，萤虫飞舞点幽明。
噪蝉昼夜无消静，蛙鼓痴狂伴和声。
酷暑炙炎添闷堵，热潮肆扰躁烦生。
顽童戏水穷欢闹，男女摇蒲觅爽清。

踏春游

溪水叮咚群岭秀，峰回路转壑深幽。
春来度暖枝萌动，旷野桃花漾满头。
天湛风微心逸畅，开怀放嗓笑盈沟。
谷清气爽游人醉，鸟疾歌欢悦意悠。

闲扯乡事

晨见扶桑鸡唱晓，凡人琐碎又开锣。
东家妯娌高声闹，村北顽童捣鸟窝。
张姓屋前鹊鹊叫，帅郎女友进门阁。
一天烦事多如草，回首斜阳已下坡。

青山信步爽情悠

林密枝稠飞鸟叫，峰回路转谷幽深。
阳坡葱翠盈绵韵，阴面斜岩沁水淋。
荫蔽壑沟清气爽，溪流跌宕奏奇音。
身催信步临仙径，风拂花香醉我心。

岁末抒怀

冬去春临如逝水，也蒙夕幕每天来。
往经岁月秋风扫，红日今晨照样开。
笑对人生才有味，酒随知己喝双杯。
常端清茗邀闲坐，莫叫孤寥伴晚回。

周末放怀农家乐

葵花昂朵朝阳笑，翠柳依摇满埂栽。
荠菜嫩香飘野味，山蕨柔韧妙珍来。
品茗煮酒农家聚，把盏邀酌敞绪怀。
日暖天蓝祥瑞兆，鸡鸣狗吠悦悠哉。

夜　市

近街灯彩艳飞虹，远岸流萤点点星。
夜市勺盆叮唧响，桌前频奏碰杯声。
少男靓女连酌盏，忙坏端盘小后生。
老妪捡瓶遭怨眼，主人案傍悦颜浓。

登华山

独尊五岳凌霄险，千丈鸿沟绕紫烟。
鬼斧绝崖成堑障，苍龙峻峭卧群巅。
胸无恒志前途远，心寄征服可试天。
跃上顶峰凭眼眺，旭光普瑞照秦川。

雨后抒怀

天净花妍春雨后，云高山秀醉骄莺。
放眸蕊畔群蜂舞，侧耳丛林百雀鸣。
轻赞秦峰多俊伟，飞声旷野抒豪情。
凌霄仙雾缠巅转，远岭幽葱爽意盈。

步韵李白赠汪伦

浆荡清波舟欲行，江堤渔火悄无声。
惜辞拭泪凄然笑，此去何时叙旧情。

步韵李白望庐山瀑布

山村向晚起炊烟，白雾飘浮扮妙川。
遍野暮沉灯点亮，夕阳霞灿映红天。

教师节感怀

日月水火初认字，山石田土亮童心。
讲台三尺聆师训，学子终生谢授恩。

晚　秋

梧桐失色随风坠，银杏临霜满树黄。
野岭苇梢飞白絮，青山消瘦雨添凉。

立 冬

四季轮冬日，天寒昼短时。
叶枯晨起雾，荒野冷风驰。

太白六月飞银雪

巍峨秦岭腾云海，高耸凌霄鸟翼绝。
南壑北沟常换景，顶峰四季雪银洁。

冬暮图

日落西山绰影微，凄风寒气逼人归。
眼前路暗回心急，惜借斜阳一寸晖。
倦鸟知还吟寂静，远村灯亮饮烟围。
门前父母高声唤，桥上顽童疾步飞。

水调歌头·西北五省
诗家登太白山抒怀

乘缆登极顶，放眼远山娇。风轻云淡，太白峰顶插云霄。峭壁苍松滴翠，近岭山花摇曳，香溢醉眉翘。怡情飞云海，放嗓响林梢。

叶语伴，爽风拂，乐逍遥。欢呼雀跃，欲与峻岭比谁高。五省诗朋相聚，秦岭巅峰吟诵，豪气震林涛。妙语抒峰秀，绝句撼山摇。

定风波·关中夏季

麦穗飘香夏播随，催人布谷树梢啼。耕者平场忙收播，红火，收粮点种凑时机。

一日地头巡五遍，忙乱，只图麦熟早耕犁。不怕炎阳忧雨袭，费力，与天争日夺丰归。

喝火令·采风秦绣庄园

巧手追天梦，蚕丝载古今，汉风唐韵锈娘吟。猫脸虎鞋生动，花枕凤温馨。

小面桃花艳，宽帘绘彩云，兽王威武栩如真。静赏秦风，静赏绣娘心，静赏手工珍品，古艺有来人。

喝火令·春游千湖湿地公园

远眺千湖景，堤围柳色新，钻天杨翠水流银。新苇倚风轻舞，飞鸟戏追人。

小径通深处，怡情悦倦人，朗天春色醉人心。放眼花妍，放眼翠无垠，放眼水明山秀，静享鸟欢吟。

鹧鸪天·春光清明

时近清明春色浓，柳芽绿麦嫩葱葱。和风艳蕊盈新意，花绽枝头笑迎风。

春色艳，暖情浓，芳香扑鼻映山红。远山峻岭花如海，近水清凌秀靓容。

蝶恋花·人造春景溢奇韵

溢彩流霞霓闪耀，色艳姿娇，构想多奇妙。火树银花真热闹，恰如萤火纷飞绕。

春夜流银游客笑，祥瑞临门，喜接新年到。湖景交晖红运照，天工巧夺繁星俏。

鹧鸪天·新年新规护天蓝

少小逢年满地鞭，如今禁放护蓝天。春阳露焰晖交月，洁野深垠少燥烟。

时变换，日新迁，禁鞭防霭破陈沿。与时俱进除凡俗，确保天蓝民众安。

满庭芳·岁首抒怀

淡漠银钱，喜于文咏，夜深诗意悠浓。习文追梦，字字满张风。妄视夜绵无岸，笔走处，流彩西东。未曾记，昨离今至，焰火映春逢。

心随情境走，往经如梦，历历盈胸。墨行笺，遍书喜怒秋风。不问明晨何日，悦余岁，其乐无穷。吟今古，欢情愁绪，笑对逸情浓。

鹧鸪天·喜相聚，话团圆

岁往冬离年又终，家家门口换新红。
旧词新意寄春梦，庭院盈香年味浓。

岁岁守，话今逢。儿孙满院暖融融。
家亲共勉欢春到，老少同商振族风。

鹧鸪天·凛霜火柿色更艳

凄冷寒风梢上摧，荒坡枯竭叶飘飞。
放眸田坎槐杨树，鸦雀孤鸣巢里归。

严冬历，路人稀，河流干旱石沙堆。
凛霜横扫梢枝尽，唯见红灯树上栖。

临江仙·冬景图

腊梅枝头临风绽，苍松傲立岩峰。冰
封河面水无踪，银花飞舞，瑞雪兆年丰。

远山寂静炊烟直，天朦胧夕阳红。屋
楼点点隐林丛，小桥孤寂，旷野扫凄风。

临江仙·秋景图

　　硕果垂枝繁满树，牵牛架上妍红。菊花怒放雅情浓，蝶飞花蕊，天湛朗晴穹。

　　丹桂吐蕊幽香溢，石榴裂咀晶红。远梁红叶染群峰，青山深处，雨后起秋风。

临江仙·夏景图

　　格桑芬芳幽香溢，柳枝婀娜柔葱。睡莲并蒂美妍浓，鹍莺鸣唱，朗日挂晴穹。

　　翠竹滴绿临风傲，石榴花蕊初红。葵花仰艳面朝东，骄阳高照，丽日拂清风。

春景图·临江仙

　　春风摇柳纤枝舞，池塘锦鲤群盈。白云飘落水含灵，小鹏汲水，鱼趣一时惊。

　　初荷翠黄升新角，蜻蜓站立尖茎。春回大地嫩芽萌，麦苗拔节，翠绿挂晶灯。

喝火令·故乡

狗吠雄鸡唱，红霞映岭梁，大人清早送肥忙。场院小孩欢闹，生气满山庄。

梦境催人急，携儿往故乡，进村茅屋变楼房。梦似城街，梦似走他方，梦似错寻方向，故里换新装。

鹧鸪天·美山村

沿路依山门向阳，房前翠竹掩街坊。一汪清水村前绕，雪白肥鹅嬉戏忙。

野花艳、境清凉，苍松郁绿染山梁。日升晌午炊烟起，农舍山珍飘异香。

行香子·秋游秦岭

山路迂回，美景偎依，驱车行，尽赏秋怡。登临山脊，欢畅神飞，见枫林红，桦树白，雾凇奇。

远峰绵密，云烟渺渺，朗天蓝，群岭巍巍。爽情盈溢，心旷神怡，乐菊花黄，绿柳荡，丽莺飞。

采桑子·秋韵

秋深绿隐红枫艳,笑满群山。溢韵群山,叶落知秋曲径宽。

重阳时节黄花灿,怒放山川。美溢枝端,霜打风摧傲菊繁。

鹧鸪天·农夫抵雨秋种忙

风紧霜摧秋叶黄,青山消瘦露苍凉。阴云绵雨少晴意,愁坏农夫满地慌。

时不待,播苗忙,苦寒泥泞弃身旁。顶风冒雨埋头种,只恐明年缺口粮。

喝火令·游关山牧场感怀

细雨添秋嫩,关山牧草新,峻峰绵茂旷无垠。溪水蜿蜒盈绿,秋景醉游人。

牧草青波荡,高坡牧马奔,陇关巍屹锁西门。放眼山悠,放眼翠如云,放眼沃饶无际,壮景撼山魂。

忆秦娥·寒秋淫雨

阴雨沥，雾迷村落稀人迹。稀人迹，萧萧秋色，清冷风疾。

路人匆促归家急。青秋失色寒潮逼。寒潮逼，荒凉凄厉，冬临寒袭。

相见欢·惜荷香

娇妍高洁昂头，满塘羞。花瓣韵盈瞩目，醉人眸。

冰清象，靓荡漾，抒风流。只恐秋风荷泻，惜情忧。

蝶恋花·夏炎如火

酷暑如炉钢淬火，寻荫贪眠，黑白眉梢锁。鸦雀归林蝉未躲，男女老少烦心裏。

常见雨云飞小朵，热晕依然，唯进凉窑妥。柴米油盐谁喊饿？头昏烦闷何时可。

鹧鸪天·秋色醉

风驾凌霜掠翠枝，野坡斑驳景浓时。
雨停千壑秋林秀，风爽群峰醉眼痴。

邀挚友、畅心随，红枫映艳眼凝迟。
四时更迭春秋度，夏蕊秋云许妙诗。

高阳台·九月拾香

碧叶苍葱，繁花谢幕，梢头丹桂如
金。碎步轻声，闻香庭院搜寻。满目妙朵
枝头绽，沁人脾，香气迷心。艳如金，妙
样惊眸，香醉吾心。

光阴荏苒秋情爽，鹊鸟栖满树，旷野
温馨。丰获来临，农夫奔走欢吟。垂柳妖
娆清风爽，悦情浓，溪畔听琴。朗天晴，
放眼征途，远路成荫。

临江仙·北方秋收

玉米金黄缠满树，秦椒熟透鲜红。麦
苗出土露黄葱，丰收在望，男女笑迎风。

场院脱粒机器响，打情骂俏声浓。大
人装袋急称重，顽童乱窜，老少悦秋丰。

卜算子·童年童趣

风催天色凉，满岭荒秋样。酸枣幽红招摇笑，结伴奔山上。

不惧岩崖危，那管划伤掌。玩趣无穷欢心畅，野岭童声亮。

浣溪沙·阴雨闲愁

关中雨绵秋色凉，渭河添浊惹神伤。远山云厚起愁肠。

耕者忧天何日朗？适时整地点耕忙。指望来夏打丰粮。

踏莎行·山乡冬暮

鹃鸟无踪，荒枯山瘦，村前苍柳孤巢旧。小河冰冻起寒流，树梢火柿无鸦守。

霜气凝晶，叶蔫茎朽，归途寂静稀人走。满眸凄惨惹乡愁，炊烟斜散厨房后。

抒怀篇

重阳节抒怀

岁寒菊绽艳，年暮享清闲。
重九秋凉爽，登高放眼宽。

寡　欲

红尘深似海，笑对雨云来。
诗韵抒情趣，清心许坦怀。

沉浮坦淡茶清悠

谷雨露盈芽泛嫩，茶姑绿海采青头。
浓情玉手揉香茗，入水沉浮坦淡悠。

修　身

业精于恳荒虚度，一寸光阴值万金。
千挫百回宏愿在，自生不会枉初心。

挚　友

百草一秋人隔世，光阴荏苒逝如斯。
凡尘幸遇知心伴，把盏常吟结谊时。

情　叹

几多怨女英魂早，只恨痴情似把刀。
谁问爹娘生养苦，枉经辛辣育灾苗。

痴　妇

滴滴泪水不成河，山高路遥揪心窝。
哭倒长城恐君老，千思万念道坎坷。

叹　世

旧幕窦冤寒六月，新场民愤贵悠哉。
前朝公子欺街弱，痞恶而今发大财。

光阴荏苒年复年

斗转星移时变换，光阴失复似云烟。
酸甜苦困平常过，淡欲尘凡许静缘。

秋色寒

秋雨秋风秋向晚，花枯花谢惜人怜。
寒霜凝结凄情惨，香断红消别泪涟。

山乡扶贫

寒风凛冽斜坡陡，山大沟深少路平。
精准扶贫彰善举，全民鼓劲夺双赢。

雪夜煮酒去寒凉

暮雪纷飞入夜凉，围炉煮酒去寒霜。
窗前银野浑无色，屋内琼浆溢醉香。

清　贫

生来清苦命，应世历蹉跎。
饥馑平常事，贫穷辱性格。
粗食撑夙愿，冷眼郁愁多。
夜静勤思略，书章存寄托。

修　身

西暮秋残昏眼浊，鬓花颜老岁蹉跎。
舛途烟雨随风去，欲淡身轻释劫波。
事利纷萦尘觉稳，浮名俗套厌其多。
安居斗室修心静，倚格沉眸炼妄魔。

清明祭祖

雨落清明天悯楚，路人匆促似销魂。
几多牵挂心头种，谦跪坟前祭祖尊。
先德善慈扶后辈，以身垂范育贤孙。
追亲承继休违本，谨记家风树族根。

端午悼屈子

昨日无云天朗净，来晨细雨放鸣吟。
贤达愤世投河尽，忠骨清名浩古今。
五月汨罗舟竞骋，端阳振鼓颂英魂。
夹江楚子抛粽果，一样痴心敬烈臣。

乡　愁

凭窗东望他乡月，入梦常思养育恩。
身处远国迟奉孝，缺归床尾欠情温。
立家初晓油盐贵，有子才知父母心。
客住异邦千样好，难敌故土寸光新。

六十抒怀

十七回乡承父业，立年商海竞风流。
幼遭饥馑辛酸苦，求学迷经动乱忧。
华甲已临尘欲静，六旬光景恳情修。
严于教子成梁栋，余岁清心坦意游。

秋夜无眠

深夜冥谋酿韵诗，静凝寒月想琼厄。
悚然心乱萦伤梦，愁结眉梢起妄思。
幽谷影沉声寂寞，唯瞻巢穴独凌枝。
回眸栖舍孤清冷，口吐青烟苦闷时。

彻夜无眠

独居斋室想吟诗，涩字拦谋酌酒厄。
欲换别音搜律韵，纠缠无计枉愁思。
忽聆窗外机声扰，又见基坑架铁枝。
锤震车鸣灯息少，抬眸天际启明时。

云窗倦客

心系知音遣怨诗，孤居清阁乱寻卮。
愁情烦绪常惊梦，窘境熬人枉自思。
窗外冰轮照冷意，檐前叶泻舞枯枝。
展笺无句倾牵念，冥想词穷苦困时。

喜逢太白云海抒怀

幸遇秦山雾韵诗，放眸云海想寻卮。
轻烟绵妙千峰隐，峻岭银飞起妄痴。
欲唤老君仙境酌，忘情太白狂舞姿。
身临怡景迟离别，虚幻飘然恰好时。

党旗殷红万民福

勿忘初心图远志，泱泱华夏唤英雄。
先贤舍己开新宇，后者承前起劲风。
党政聚精创大业，镰刀锤子衬旗红。
首都代表谋良策，举国欢腾赞伟功。

对 弈

巧遇贤君催博弈，胸怀雅趣释忧悲。
古今成败无常主，此刻酬谋恰好时。
楚卒汉兵争对垒，象飞马跳比神驰。
心存坦荡彰诚挚，笑饮奇招淡语迟。

一剪梅·对君酌

夜阑情悠酒欲高，举杯齐眉，擎盏同嚣。琼浆入口挚情常，悦意犹浓，痴味增高。

酒走三巡再敬邀，你说添杯，我喊真嫽。赤诚盈溢友情牢，脚踩绵云，身似仙飘。

竹枝词·赞岩松

凌霄根植欲成仙，雾绕风摧傲等闲。
雷电妖霾梢上掠，挺身悬峭斗霜寒。

生查子·咏雪

苍穹冰花泻，悄莫随风舞。青松傲银妆，峻岭梨花素。

晶莹透阴柔，茫野绵无渡。洁片葬尘埃，溶水润疆土。

长相思·赞郎平

岁月流，苦汗流，郎帅追极喜碰头。巾帼释梦愁。

忆悠悠，悟悠悠，数载辛劳今日酬。女排登顶楼。

行香子·伤怀

浓雾遮天，雨锁山前，行路难，四顾茫然。峰峦如兽，沟壑连绵。恐迷途险，遭不测，悚心寒。

光阴似箭，天时万变。雨如倾，歧路多端。心灰意冷，愁绕心田。恨往成空，眉凝结，语无言。

唐多令·吟竹

挺立不消寒，风摇绿叶牵。傲声喧、节亮擎天。千损百折无惧色，根深种、茂逢渊。

纵使厉风缠，簇拥只等闲。列铜墙、挺立仍然。不畏狂飙张傲岸，风静处、影修绵。

虞美人·寻访褒斜古栈道遗迹

褒斜古道兵争地，蜀汉狼烟起。王家塄镇栈桥奇，诸葛木牛征战走西岐。

今朝蜀道桥连隧，古驿添新美。栈桥痕迹默无言，历代枭雄功德载千年。

南乡子·中秋夜牵念异国儿郎

雨沥惹愁肠，黄叶潇潇季节凉。呆目仰床生怅惘，心慌，深夜凝眸雨打窗。

佳节想儿郎，异国修身可健康？网络视频无暖意，神伤，幸喜男儿志四方。

西江月·喜迎十九大

举国群情振奋，全民同力攻坚。小康之路有艰难，党政共谋发展。

代表转呈民意，共商华夏明天。宏图远志构新篇，中华复兴志远。

望海潮·华夏崛起

中华疆土，波澜壮阔，东西南北繁华。南海岛夷，龙痕印迹，泱泱史册明划。元祖逐欧亚，郑和航远海，鸟伴涛哗。片片渔舟，张万千索网鱼虾。

古今百著千家，载我权属地，昭示中华。蝼蚁思堤，招蚯引鼠，万民崛起谁怕？看奋起中华，铁甲旌旗展，银翅天涯。岂忍雕虫小技，驾虎势欺咱？

那喀索斯之恋

李　君

　　好像是1984年的冬天，我路经下马营永清村，去和该村一河之隔的范家崖找一位中医看我的胃病。返回的时候，一个和我年龄差不多的年轻人在永清村拦住了我，说他在工人文化宫听过我讲课，是蹬自行车去的，几十里路晨起夜归，布袋里的几块黑面馍馍是他的午饭，没有辛苦只有亢奋，如同去赴恋人之约。这个年轻人就是寇明虎。

　　1984年的冬天，寇明虎还是一个回乡青年。艰辛苦闷的生活里，文学是他唯一的寄托。后来据说他说，他是在地里劳动的时候看见我，觉得像，距离远又看不太真，于是就在寒风中等。他也不知道到去往范家崖方向的是不是《宝鸡文学》的那个编辑，什么时候才能返回，返回时会不会走原路……如此情形我感同身受，那是在我当知青的时候，一边挖地一边望着邮递员来的方向，盼望着县文化馆又会有文学活动通知我去。寇明虎把我拉到他家里，让我暖在炕上，一脸虔诚地拿出他写在高中作业本背面的文字让我看。我每过一星期到范家崖看一次病，早一两天晚一两天是常有的事。那时没有电话，寇明虎没法知道我来看病的准确时间，于是就在可能去的那几天在路上等着。我再一次去他家的时候，屋里来了三四个小伙儿，都是跟他一样的乡村文学青年。我们聊着各种文学话题，大家感觉像过年一样。

在那个年代，中国的文学青年从人口比例上来说，在世界也是最多的。大概是因为生活困苦，而爱文学又很经济，无需像爱其他艺术门类一样需要一定的条件，一张土炕、一盏油灯就可以去爱文学。况且文学又直接通向人的心灵，就像贫瘠苍凉的陕北，什么都没有，只剩下了民歌和民歌里的爱情，可以不花钱地可着嗓子随便你唱。

我和寇明虎就这样成了朋友，这朋友一做三十多年，直到今天。

喜欢文学的人，用本地话说一般都不是闷尻。文学为他们打开了一扇窗户，让他们看到了人生的多样和世界的精彩，给他们的心灵插上了往天边飞翔的翅膀。回过头看，喜欢文学的人，不论后来干什么，日子过得都不错。明虎就是一例。文学令他难卧平地，一边读写一边思变。对大多数写作者而言，文学可以去爱，但不能当饭吃，对乡村文学青年尤其如此。后来他做过团支书，当过两天半村长，靠山吃山靠水吃水，永清村背靠有色金属加工厂，钛材加工的生意让他赚了一些钱，盖起了让我们这些住在单位宿舍的人羡慕不已的乡村别墅。

羡慕归羡慕，但在我们心目中文学还是最正经的事业，于是我和商子秦便煽惑他去读鲁迅文学院。人有点钱了便难以把持，何况尚且年轻的他，经不住我们的煽惑，心里开始长草，再说上大学也是他未了的一个梦。最后是他的那些乡村文学青年朋友及时阻止了他，他们与我和商子秦这些拿工资的饱汉不同，深知饥饿的滋味和这件事其中的利害。如果明虎去上了鲁院又当如何？能在文学的路上走多远？能凭爬格子养活一家老小吗？真不好说。事实上读了鲁院而后来成就事业的人屈指可数。大多数人就是拿了一张毕业证，并且因为没有弄成事而不敢拿出来示人。当年如果他拿了那么一张毕业证回来，心高气傲，未必再有心思去做生意。到了今天，也许就像不少高学位的女生一样高不成低不就，日子过得不尴不尬。

文学是神圣的，但具体到写作者个体，又是一个包含着名利的事，所以我不赞成钻牛角，把自己搞得穷困潦倒，身体也糟掉。这就不是为文学献身，而是为名利献身。为名利而把自己弄成那样，很不划算。崇高的献身一定不是为自己的，为了他人的献身才可谓崇高。

感谢明虎那些乡村文学朋友，那一瓢冷水泼得真好，让他不至于迷航，让他看到对妻儿老小、对家族担负的责任，让他后来成为一个闯荡商海的成功者。

明虎的成功不仅在于成为一个企业家，更令他骄傲的是他的儿女。他的奋斗为他的一双儿女提供了衣食无忧的生活，让他们能够心无旁骛地读书。女儿如今成了一名教师；儿子北大博士毕业后到美国做访问学者，明虎的两个孙子也在美国出生。

因为做企业，他离开了文学队伍。逢年过节的时候我们也会互致问候，都知道对方在干什么，但毕竟来往得少了。一年甚至几年难得见上一面。三十年后的一次聚会上，他向我提出想出资设立一个文学奖，用以褒奖那些像想当年的他一样的文学青年。其实这个建议他很早就跟我说过，我觉得是他酒桌上的话，没太在意。如今在我负责作协工作的时候再度提起，看来他是认真了。

我心里一热。这个热不是感激：哈，有人给作协送钱来了！不是。我感动的是沧海桑田之后，他那份对文学的爱没被时光与滚滚红尘卷裹而去。世上七十二行，文学艺术是一个行当，但又不是一个行当。凭借她也可以谋生，又不可以谋生。所以很多人在不能依靠她用她谋生的情况下，还紧紧地拥抱着她。这就是爱恋。可能是因为文学艺术关乎人的心灵，一朝爱上，很难舍弃，或可以舍弃，却终生难忘。她具有一种比宗教信仰更大的魔力，有因为各种原因改变宗教信仰的，但没有听说原先喜欢文学艺术，后来变得不喜欢的。不管你后来因为生存等原因离开她多久多远。她像故乡一个不会衰老的美丽姑娘那样永远在你心中。有一个朋友的岳母，原先是市豫剧团的，后来剧团解散被分到铁路上工作，再后来到深圳带孙子。有一次她偶然在电视上看到一出豫剧，便指着台上的一个角色，一边流泪一边说，这角色本该是她扮演的。我还有一个朋友，在北影学的表演，后因演戏养活不了老婆，就去做生意。有一次我们一起吃饭，也是我说话碍地方，哪壶不开提哪壶，说起热爱艺术却不能从事艺术工作的痛苦，只见他一个男子汉泪流满面。

明虎不光是用资助文学事业来表达他的爱，在工作间隙他还在写。不能著长篇文字，就写小诗，写短文，不为发表，只为不让自己离开文学。如今他把厂子交给侄子打理，自己做起了甩手掌柜。时间多了，我们的来往也变得多了起来。他经常说起自己的过往，少年的爱恋，青春的彷徨，父辈和村里人的故事，都是很好的素材。我建议他不要再小诗小文地即兴而作，可以写点篇幅大点的东西，这样才对得起他的阅历。

希腊神话里有一个名叫那喀索斯的美少年，所有美丽的女神都不能让他产生爱恋，却爱上自己湖中的倒影，难以自拔，最后纵身投入湖中。

其实人最爱的还是自己。

爱上文学就像爱上自己一样。

（李君：中国作家协会会员，宝鸡市作家协会主席。）

字里行间跳动着自己的"心电图"

——《阵地文丛》总跋

白　麟

又是深秋，叶子红过之后开始纷飞，万物就要尘埃落定，只等大雪为勤快的一年封口。

这多像我们匆促的青春，许多事情还没顾及，就被风一吹而散。人生或许就是这样，让你猝不及防！到了一定时间小结甚至总结一下，就显得很有必要——

给自己出本书不妨是一个美好的选择。去年这个时候，我纠集了一帮宝鸡诗人陈泯、范宗科、武岐省、荒原子、车小兵、秦舟、柏相、魏娜、王金辉、庄波，冒冒失失地编排出版了第一套《阵地诗丛》（11种），手忙脚乱、力不从心，却也算是吹响了新世纪宝鸡诗人集体出征的"集结号"，成就了宝鸡本土第一套公开出版的诗丛。有了经验垫背，今年第二套《阵地文丛》的编印就感觉从容淡定多了。

承蒙大家多年信任继续加盟"阵地"，这次《阵地文丛》还是11种。其中散文集7种，张占勤的《挑灯夜话》、赵洁的《花开半夏》、闫瑾的《我们在一起》、狄江平的《一城江山》、唐志强的《风从周原来》、杨烨琼的《乡风呓语》、车丽丽的《愿我们总能被温柔相待》；小说集2种，朱百强的中短篇合集《梦中的格桑花——朱百强新农村故事系列作品选》、姚伟的小小说集《爱的拼图》；诗集2种，寇明虎的《岁月印痕》、赶阔的《天地遥迢》。虽说杂一些却种类齐全、颇具规模。跟去年一样，这套文丛中的绝大多数作者是第一次结集，有些业余写了一辈子，出书是夙愿更多也是希望给自己和家人一个交代。但这有意无意间却展示了新世纪宝鸡文学的潜力！

　　春华秋实，水到渠成。从风华少年一直到花甲苍生，五味人生各有各的体味。流年飞度，万事虚浮，字里行间那跳动着的其实是自己的"心电图"，记录着各自的"情感档案"，当然值得保存。

　　不辜负韶华，也不辜负众望，这套书权且是人生大书中夹带的书签，慢下来翻阅一下自己的光阴故事，还是蛮有成就感的吧。

　　正逢路遥逝世25周年的忌日，草草写下简陋的文字以示纪念。想想也是，在人世间留下的就剩他的文字了。最后借用时下一句流行语作为文丛的总跋：不忘初心，继续前进！

2017年11月17日

　　（白麟：诗人、词作家、文化策划撰稿人，系中国作家协会会员，陕西省职工作协诗歌委员会主任，宝鸡市职工作协主席。）